中 華 書 局

簡

繁

轉換一本通

□　責任編輯　　梁潔瑩
□　裝幀設計　　鄧佩儀
□　排　　版　　陳先英
□　印　　務　　劉漢舉

簡繁轉換一本通

□

編著

中華書局教育編輯部

□

出版

中華教育

中華書局（香港）有限公司

香港北角英皇道 499 號北角工業大廈 1 樓 B 室
電話：(852) 2137 2338　　傳真：(852) 2713 8202
電子郵件：info@chunghwabook.com.hk
網址：http://www.chunghwabook.com.hk

□

發行

香港聯合書刊物流有限公司

香港新界荃灣德士古道 220－248 號
荃灣工業中心 16 樓
電話：(852) 2150 2100　　傳真：(852) 2407 3062
電子郵件：info@suplogistics.com.hk

□

印刷

美雅印刷製本有限公司

香港觀塘榮業街 6 號海濱工業大廈 4 樓 A 室

□

版次

2022 年 7 月初版
2024 年 9 月第 4 次印刷

© 2022 2024 中華教育　中華書局（香港）有限公司

□

規格

32 開（168 mm×118mm）

□

ISBN：978-988-8808-16-8

目錄

前言

隨着國家大灣區戰略的推進，內地與港澳之間的交往日益密切。人們在文字溝通的過程中，常常遇到簡繁正確互轉的難題，其中一個簡體字對應兩個或兩個以上繁體字時是最容易出錯的，如「老少咸宜」誤轉為「老少鹹宜」，「范先生」誤轉為「範先生」。為此，我們全面系統地梳理了「一簡對多繁」的漢字，選取常用者編組辨析，旨在幫助習慣使用簡體字的讀者迅速準確地轉換簡體字和繁體字。

國家教育部、國家語言文字工作委員會 2013 年頒佈的《通用規範漢字表》附有《規範字與繁體字、異體字對照表》，當中對 96 組一個規範字對應多個繁體字（或傳承字）的字際關係進行了分解。本書收錄的字頭除涵蓋上述 96 組之外，還參考現今港澳台地區的用字習慣，選取部分習慣上被視為簡繁關係的正體字及其異體字，共收錄 234 組字。為方便表述，本書以「簡體字」和「繁體字」來區別所收字頭的字際關係。

本書釋義精要，例句典型，有助於讀者觸類旁通，舉一反三。為方便讀者使用，還專門設置兩大實用欄目——「用法」和「附註」，幫助讀者掌握正確使用繁體字的方法。「用法」辨析說明該字在簡繁轉換時的實際用法，亦適當介紹該字在古籍中的使用情況；「附註」則特別提示正體字和異體字關係及簡繁轉換時可能出現的特殊情況。

本書按漢語拼音排序，另設有以簡體字為字頭的漢語拼音檢字表和筆畫檢字表，便利讀者快速檢索。

期望本書有助於讀者掌握簡體字和繁體字的正確對應關係。編寫工具書實屬不易，書中未盡完善之處，敬請讀者指正。

中華書局教育編輯部

凡例

　　本書專門為習慣使用簡體字、同時需要掌握繁體字的讀者而編寫，旨在通過常用字頭的選擇和實用功能的設計，幫助讀者迅速準確地使用繁體字。

◗ **收字：** 本書以國家教育部、國家語言文字工作委員會制定的《通用規範漢字表》（2013 年）為依據，共收錄簡繁轉換常用字 234 組，涵蓋《通用規範漢字表》中全部「一簡對多繁」字條，並選取部分習慣上被視為簡繁關係的正體字及其異體字。

◗ **字頭：** 本書以簡體字為字頭，按照漢語拼音排序。與簡體字對應的繁體字均標注相應的漢語拼音。多音字的右上方標注阿拉伯數字以示區別，常見釋義及其讀音在前，其他讀音列其後。

◗ **釋義：** 本書釋義精要，舉例典型鮮活。某些義項需組詞釋義，以【　】標示詞組。本書也關注現今港澳台社會實際用字習慣，針對繁體字混用的情況，作出說明。

◗ **用法：**
　❶ 辨析簡體字、繁體字的對應關係。
　❷ 提示現今社會上普遍的用字習慣。
　❸ 提示簡繁轉換時容易混淆的組詞。
　❹ 說明在古籍中的用字情況，如古今字、通假字等。

◗ **附註：**
　❶ 提示正體字和異體字關係。
　❷ 指出簡繁轉換時可能出現的特殊情況。

◗ **檢索：** 本書設有漢語拼音檢字表和筆畫檢字表，滿足不同的檢索需求。

漢語拼音檢字表

本檢字表以簡體字作字頭，對應的繁體字列其後。

hé	和：和／龢	64	
hé	蝎：蠍／蝎	189	
hè	和：和／龢	64	
hōng	哄：哄／鬨	66	
hǒng	哄：哄／鬨	66	
hòng	哄：哄／鬨	66	
hòu	后：後／后	67	
hū	糊：糊／餬	69	
hú	和：和／龢	64	
hú	胡：胡／鬍	68	
hú	糊：糊／餬	69	
hù	糊：糊／餬	69	
huā	嘩：嘩／譁	70	
huá	划：划／劃	71	
huá	嘩：嘩／譁	70	
huà	划：划／劃	71	
huí	回：回／迴	72	
huǐ	毁：毀／燬／譭	73	
huì	汇：匯／彙	74	
huó	和：和／龢	64	
huǒ	伙：伙／夥	75	
huò	和：和／龢	64	
huò	获：獲／穫	77	
huo	伙：伙／夥	75	

J

jī	几：幾／几	80	
jī	饥：飢／饑	78	
jī	机：機／机	79	

jǐ	几：幾／几	80	
jì	系：系／係／繫	179	
jì	迹：跡／蹟	81	
jì	绩：績／勣	82	
jiā	夹：夾／袷／袷	83	
jiā	家：家／傢	84	
jiá	夹：夾／袷／袷	83	
jià	价：價／价	85	
jiān	奸：奸／姦	86	
jiàn	荐：薦／荐	87	
jiāng	姜：薑／姜	88	
jiāng	僵：僵／殭	89	
jié	杰：傑／杰	90	
jiè	价：價／价	85	
jiè	借：借／藉	91	
jie	价：價／价	85	
jǐn	尽：盡／儘	92	
jìn	尽：盡／儘	92	
jìng	径：徑／逕	93	
jū	据：據／据	96	
jú	局：局／侷／跼	94	
jǔ	柜：櫃／柜	60	
jù	巨：巨／鉅	95	
jù	据：據／据	96	
juǎn	卷：卷／捲	97	
juàn	卷：卷／捲	97	

K

kè	克：克／剋	98	

漢語拼音檢字表

筆畫檢字表

本檢字表以簡體字作字頭，對應的繁體字列其後。

筆畫檢字表

筆畫檢字表

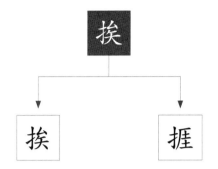

挨 āi

❶ 依次，順次：挨次入場／挨家挨户。
❷ 靠近：挨近／兩個人挨着坐。

捱 ái

❶ 遭受：捱打／捱罵／捱餓受凍。
❷ 艱難度過：捱過了一段艱苦的日子。
❸ 拖延：別捱時間了，快走吧。

用法

> 讀作第一聲時，寫作「挨」；讀作第二聲時，寫作「捱」。

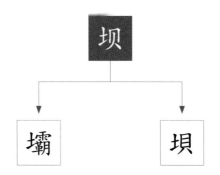

壩 bà

❶ 截住河流的建築物：堤壩／攔河壩。

❷ 水利工程中用來鞏固堤防的建築物：丁壩。

坝 bà （也可寫作「壩」）

❶ 山地中的平地（多用於地名）：沙坪坝（在重慶）。

❷ 沙灘或沙洲（多用於地名）：葛洲坝（在湖北）。

用法

表示山地中的平地、沙灘或沙洲時，「坝」、「壩」可通用，其他情況用「壩」。

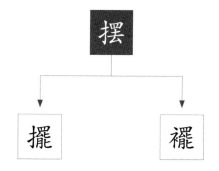

擺 bǎi

❶ 陳列，安放：擺放 / 擺設 / 把東西擺整齊。

❷ 故意顯示：擺闊 / 擺架子 / 擺臉色。

❸ 來回地搖動：擺動 / 擺手 / 搖頭擺尾。

❹ 搖動的東西：鐘擺。

襬 bǎi

長袍、上衣、襯衫等的最下端部分：前襬 / 下襬 / 衣襬。

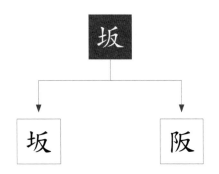

坂 bǎn （也可寫作「阪」）

山坡，斜坡：坂上走丸（比喻迅速）。

阪 bǎn

大阪，日本地名。

用法

> 表示坡道時，「坂」、「阪」可通用。

附註

> - 指坡道時，「坂」與「阪」為正異體關係，但習慣上被視為簡繁關係。
> - 日本大阪市原稱「大坂」，其後才改名為「大阪」。

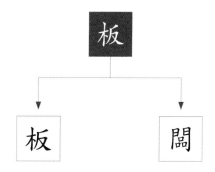

板 _{bǎn}

❶ 成片的較硬的物體：黑板 / 木板 / 鐵板 / 玻璃板。

❷ 打拍子的用具，又指音樂的節拍：響板 / 一板三眼 / 離腔走板。

❸ 不活動，少變化：死板 / 表情呆板。

❹ 露出嚴肅或不高興的表情：板起面孔。

闆 _{bǎn}

【老闆】工商業的財產所有人。

用法

只有「老闆」一詞用「闆」，其他情況用「板」。

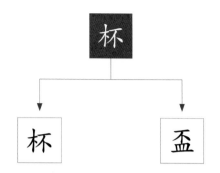

杯 bēi

盛酒、水、茶等的器皿：酒杯／玻璃杯／杯水車薪。

盃 bēi

杯狀的獎品：獎盃／「世界盃」足球賽。

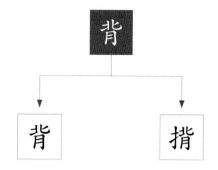

背 bèi

❶ 自肩至後腰的部分：背影 / 脊背 / 虎背熊腰。

❷ 物體的反面或後面：背面 / 刀背。

❸ 用背部對着：背光 / 背山面海 / 背水一戰。

❹ 向相反的方向：背道而馳。

❺ 離開：背離 / 離鄉背井。

❻ 違反，不遵守：背盟 / 背約。

❼ 躲避，瞞着：背着他説話。

❽ 憑記憶讀出：背書 / 背誦 / 背台詞。

❾ 不順利：背運 / 手氣背。

❿ 偏僻，冷淡：背靜 / 背街小巷。

⓫ 聽覺不靈：耳朵有點兒背。

揹 bēi （也可寫作「背」）

❶ 用脊背馱：揹書包 / 揹黑鍋（比喻代人承擔過錯）。

❷ 負擔：揹債。

用法

表示以背馱物、負擔時，「揹」、「背」可通用；「背負」一詞則一般用「背」，如：背負重任、背負大家的期望。

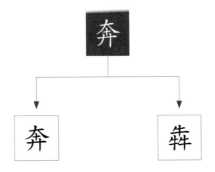

奔¹ bēn

❶ 急走，跑：奔跑 / 狂奔 / 東奔西跑。

❷ 趕忙或趕急事：奔喪 / 疲於奔命。

❸ 逃跑：奔逃 / 東奔西竄。

奔² bèn

❶ 直往，投向：投奔 / 直奔學校。

❷ 年紀接近（某年齡段）：他是奔六十的人了。

犇 bēn

❶ 用於人名。

❷「奔¹」的異體字。

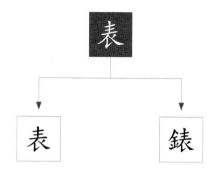

表 *biǎo*

❶ 外部，外面：表面 / 外表 / 虛有其表。

❷ 表親：表姑 / 表叔。

❸ 顯示：表達 / 表明 / 表態 / 略表心意。

❹ 榜樣：表率 / 為人師表。

❺ 古代臣子給君主的奏章：《陳情表》/《出師表》。

❻ 採用表格形式編寫的文件：時間表 / 統計表。

❼ 古代測日影的器具：圭表。

❽ 測量器具：電表 / 水表。

錶 *biǎo*

計時的器具：錶帶 / 懷錶 / 手錶 / 鐘錶。

用法

指測量器具時用「表」，指計時器具時用「錶」。

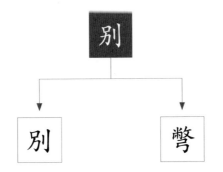

別 bié

❶ 分離：分別 / 離別 / 久別重逢 / 臨別贈言。

❷ 另外：別人 / 別開生面 / 別有用心。

❸ 轉動：她別過頭去。

❹ 分辨，區分：辨別 / 識別 / 分門別類。

❺ 差別：天淵之別。

❻ 類別，分類：級別 / 派別 / 性別。

❼ 夾住或卡住：胸前別着鮮花。

❽ 不要（禁止或勸阻的語氣）：別動手！/ 別開玩笑！

彆 biè

❶ 不順從，固執：彆扭。

❷ 改變別人的想法或意見：我彆不過他。

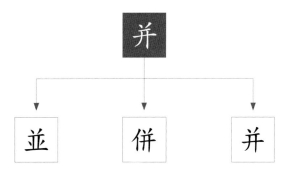

並 bìng

❶ 平排：並駕齊驅 / 並肩作戰 / 並排坐着。

❷ 副詞。表示不同的事物同時存在，或不同的事情同時進行：兩說並存 / 相提並論。

❸ 副詞。放在否定詞前面，表示不像預料的那樣：並不太冷 / 並非不知道 / 他並沒忘了你。

❹ 連詞。並且：我理解並支持你的決定。

併 bìng

合在一起：歸併 / 合併 / 併發症 / 三組成員併成兩組。

并 Bìng

❶ 古代并州的簡稱：并刀如水（周邦彥《少年遊》）。

❷ 山西太原的別稱。

用法

「並」表示兩者同時存在，互不包含，如：並列、並行；「併」表示兩者歸在一起成為一體，如：併吞、兼併。

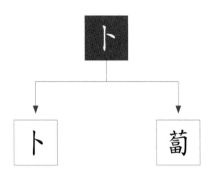

卜 bǔ

❶ 占卜：卜辭 / 卜卦。

❷ 預料：預卜 / 存亡未卜。

❸ 選擇：卜居 / 卜鄰。

❹ 姓氏（Bǔ）。

菔 bo

【蘿菔】草本植物。葉子羽狀分裂，主根肥大，是常見蔬菜。

用法

只有「蘿菔」一詞用「菔」，其他情況用「卜」。

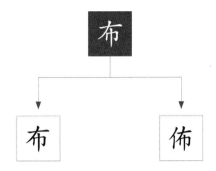

布 bù

❶ 棉紗、麻紗等的織品：布料 / 麻布 / 棉布。

❷ 古代的一種貨幣：抱布貿絲。

佈 bù （也可寫作「布」）

❶ 宣告：佈告 / 發佈 / 宣佈 / 開誠佈公。

❷ 分散，遍及：分佈 / 散佈 / 陰雲密佈。

❸ 設置，安排：佈景 / 佈局 / 佈置 / 佈下天羅地網。

用法

用作名詞時，只可用「布」；用作動詞時，「佈」、「布」可通用，香港特區政府公文習慣用「布」。

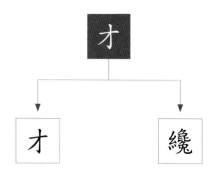

才 _{cái}

❶ 能力：才幹 / 才能 / 口才。
❷ 從才能方面指某類人：奇才 / 天才。
❸ 剛剛：剛才 / 你怎麼才來就要走？
❹ 僅僅：才用了兩元 / 來了才十天。
❺ 表示只有在某種條件下然後怎樣：只有依靠團體力量，才能把這項工作做好。
❻ 表示強調的語氣：我才不信呢！

纔 _{cái}

「才❸–❻」的異體字。

用法

用作名詞時，只可用「才」；用作副詞時，「才」、「纔」可通用，現今一般用「才」。

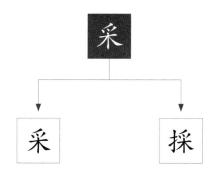

采¹ cǎi

神色，精神：神采 / 興高采烈 / 無精打采。

采² cǎi

【采地】古代諸侯分封給卿大夫的田地。也作「采邑」。

採 cǎi

❶ 摘取：採茶 / 採蓮 / 採摘。
❷ 開採：採礦 / 採煤。
❸ 搜集：採訪 / 採集。
❹ 選取：採購 / 採取 / 採用。

用法

「採」是「采」的後起字，現今用作動詞，表示用手摘取、選取等義時，只可寫作「採」。

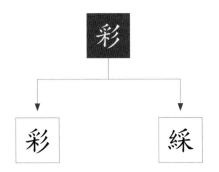

彩 cǎi

❶ 顏色：彩霞／五彩繽紛。

❷ 稱讚、誇獎的歡呼聲：喝彩。

❸ 花樣，精彩的：豐富多彩。

❹ 賭博或某種競賽中贏得的東西：彩票／博彩。

❺ 指負傷流的血：掛彩。

綵 cǎi

彩色的絲綢：剪綵／張燈結綵。

用法

指喜慶活動的絲綢裝飾物時用「綵」，其他情況用「彩」。

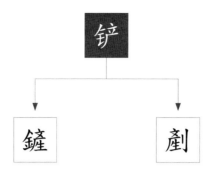

鏟 chǎn

可以削平東西或把東西撮取上來的器具：鍋鏟／鐵鏟。

剷 chǎn （也可寫作「鏟」）

❶ 用鏟削平或取上來：把土剷平。
❷ 消滅：剷除社會惡勢力。

用法

用作名詞，指金屬製成的器具時，一般寫作「鏟」；用作動詞時，
一般寫作「剷」，如：用鐵「鏟」把土「剷」平。

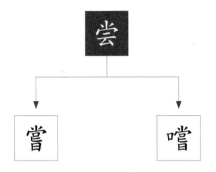

嘗　cháng

❶ 經歷，體驗：飽嘗辛酸／備嘗艱苦。

❷ 試，試驗：嘗試／淺嘗輒止。

❸ 曾經：何嘗／未嘗。

嚐　cháng　（也可寫作「嘗」）

辨別滋味：嚐嚐鹹淡。

用法

- 「嚐」是「嘗」的後起字，加上「口」形來表義。表示用口舌辨味時，「嚐」、「嘗」可通用，其他情況用「嘗」。
- 成語「臥薪嘗膽」出自春秋時期越王勾踐的故事，習慣用「嘗」。

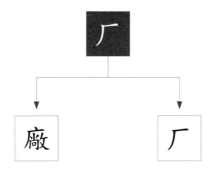

廠 chǎng

工廠：紗廠 / 發電廠 / 造紙廠。

厂 hǎn

山邊的崖洞。

用法

「厂」是古字，象石岸之形，有部首「厂部」。

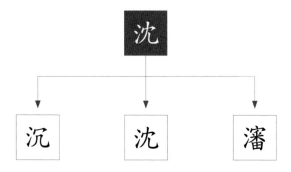

沉 chén

❶ 沒入水中：船沉了 / 石沉大海。

❷ 物體往下陷：地基下沉 / 太陽西沉。

❸ 使降落（多用於抽象事物）：沉住氣 / 沉下臉來。

❹ 程度深：沉思 / 沉醉。

❺ 重，分量大：沉重 / 鐵比木頭沉。

沈 Shěn

姓氏。

瀋 Shěn

瀋陽，地名，在遼寧。

用法

- 表示沉沒的意思時，古籍中多作「沈」，現今則一般用「沉」。
- 「瀋」的本義是汁液，現今只有地名「瀋陽」用「瀋」。

附註

「沉」不簡化，但有不少人誤以為「沈」是其簡化字。

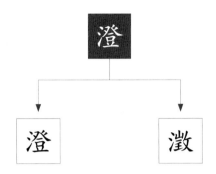

澄¹ chéng

❶（水）清：澄明／澄澈。

❷ 使清明，使清楚：澄清事實。

澄² dèng

讓液體裏的雜質沉下去：把水澄一澄再喝。

澂 chéng

❶ 用於人名。

❷「澄¹」的異體字。

用法

「澂」是古字，後俗作「澄」。現今一般用「澄」，「澂」只用於人名。

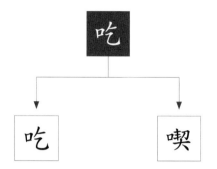

吃 chī

❶ 咀嚼食物後嚥下，也指吸、喝：吃飯／吃奶／吃藥。

❷ 依靠某種事物來生活：吃老本／靠山吃山，靠水吃水。

❸ 吸收（液體）：這紙不吃墨。

❹ 消滅（多用於棋戲）：用車吃掉他的炮。

❺ 承受，支援：吃不消／這個任務很吃重。

❻ 受，捱：吃虧／吃驚。

❼ 耗費：吃勁／吃力。

❽ 説話結巴：口吃。

喫 chī

「吃①-⑦」的異體字。常見於方言或日語「喫茶」。

用法

「喫」的本義是食；「吃」的本義是口吃，即説話不流利，後「吃」逐漸取代「喫」。

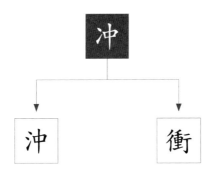

沖 chōng

❶ 用液體澆：沖茶／沖奶粉。

❷ 用水沖洗，沖擊：沖刷／這道堤壩不怕水沖。

❸ 向上直飛：氣沖斗牛／一飛沖天。

❹ 衝突，相忌：相沖相剋。

❺ 抵消：沖喜／沖賬。

❻ 山間平地：沖田／韶山沖（在湖南）。

❼ 激動的樣子：興沖沖／怒氣沖沖。

衝¹ chōng

❶ 通行的大道：要衝／首當其衝。

❷ 快速地向某個方向直闖：衝刺／衝鋒／衝浪／橫衝直撞。

❸ 冒犯：衝犯。

衝² chòng

❶ 猛烈，有勁：這小伙子有股衝勁。

❷ 氣味濃烈：大蒜氣味很衝。

❸ 對着，向：衝南的大門／她轉過頭來衝我笑了笑。

❹ 憑，根據：衝他這股認真勁兒，一定能學好。

❺ 用機器進行金屬加工：衝壓。

用法

- 「沖」的本義是水湧出動搖貌，表示與水有關時，一般用「沖」；「衝」的本義是通道，表示與行為動作有關時，一般用「衝」。

- 成語「怒氣沖天」用「沖」，意思是怒氣直上天際，形容非常憤怒；成語「怒髮衝冠」用「衝」，意思是憤怒得頭髮直豎，把帽子頂起，形容盛怒的樣子。

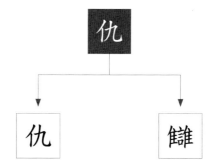

仇¹ chóu

❶ 仇敵：同仇敵愾 / 疾惡如仇。

❷ 仇恨：結仇 / 深仇大恨 / 恩將仇報。

仇² Qiú

姓氏。

讎 chóu

校對文字：讎書 / 校讎。

用法
- 現今一般只有關於校對工作才用「讎」，其他情況一般用「仇」。
- 「仇讎」一詞，解作仇敵。

附註
- 表示仇敵、仇恨的意思時，「仇」與「讎」為正異體關係，但習慣上被視為簡繁關係。
- 「讎」的簡化字為「雠」。

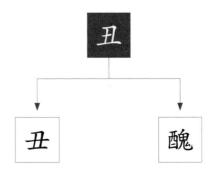

丑 chǒu

❶ 地支的第二位（子、丑、寅、卯）。

❷ 戲曲裏的滑稽角色：丑角 / 文丑 / 武丑 / 小丑。

醜 chǒu

❶ 相貌難看：醜陋 / 長得醜。

❷ 叫人厭惡或瞧不起的：醜名 / 醜態。

❸ 不好的、不光彩的事：出醜 / 家醜。

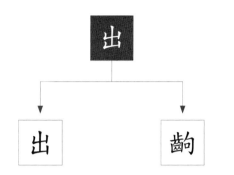

出 chū

❶ 從裏面走向外面，跟「入」、「進」相對：出國 / 出門 / 足不出户。

❷ 來到：出場 / 出席。

❸ 超出：出軌 / 出界 / 不出三年。

❹ 拿出：出納 / 出錢 / 出主意 / 有力出力。

❺ 產，生長：出產 / 出品 / 出生。

❻ 發生：出事 / 出問題。

❼ 顯露：出名 / 出頭 / 水落石出。

❽ 放在動詞後，表示趨向或效果：提出問題 / 分不出哪個是哪個。

齣 chū

量詞。用於表演段落的單位：三齣戲。

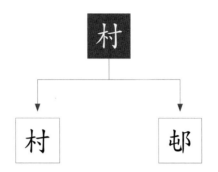

村 ｜cūn｜

❶ 鄉下有人家聚居的地方，也指城市裏的居住小區：村莊／鄉村／
度假村。

❷ 粗俗：村話／村野。

邨 ｜cūn｜

用於人名。

用法

- 香港特區政府資助下的公共房屋，稱為「公共屋邨」，如：華富
邨、瀝源邨、李鄭屋邨；位於新界的小型鄉村屋宇，則稱為「村
屋」。

- 香港三個分別位於元朗、大埔、將軍澳的「創新園」，舊稱「工
業邨」。

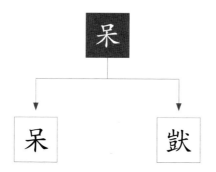

呆 dāi

❶ 痴愚，頭腦遲鈍：呆子／痴呆／呆頭呆腦。

❷ 表情死板，發愣：發呆／嚇呆了／目瞪口呆／他呆呆地站着。

❸ 逗留：你呆一會兒再走。

獃 dāi

「呆①–②」的異體字。

用法

表示痴愚、發愣的意思時，「呆」、「獃」可通用，現今一般用
「呆」；表示停留在某地或逗留一段時間時，只可用「呆」。

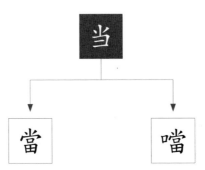

當¹ dāng

❶ 相稱，相配：門當戶對／旗鼓相當。

❷ 充當，擔任：當學生會主席。

❸ 承擔，承受：擔當／當之無愧／敢做敢當。

❹ 掌管，主持：當家／當權／獨當一面。

❺ 應當，應該：該當／理當如此。

❻ 面對着，向着：當面／當眾。

❼ 正在（那時候、那地方）：當場／當初／當時。

❽ 阻擋，抵擋：螳臂當車／銳不可當。

當² dàng

❶ 恰當，合宜：妥當／適當的休息。

❷ 抵得上，等於：一個人當兩個人用。

❸ 認為：當真／你當我不知道嗎？

❹ 圈套，詭計：勾當／上當。

❺ 表示事情發生的時間：當年／當天。

噹 _{dāng}

象聲詞。撞擊金屬器物的聲音：叮噹／噹的一聲／敲得噹噹響。

用法

用作象聲詞時，寫作「噹」，其他情況用「當」。

党

黨　党

黨 **dǎng**

❶ 政治團體：政黨。

❷ 因私人利害關係而結合起來的小團體：同黨／結黨營私。

❸ 偏袒：黨同伐異。

❹ 指親族：父黨／母黨。

党 **Dǎng**

【党項】古代羌族的一支，北宋時建立西夏政權。

用法

「黨」、「党」為兩個不同的姓氏，注意不要混淆。

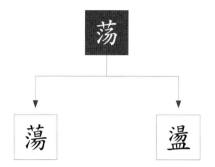

蕩 `dàng`

❶ 清除，弄光：掃蕩 / 蕩然無存 / 傾家蕩產。

❷ 無事走來走去：間蕩 / 遊蕩。

❸ 平坦，廣闊：浩蕩。

❹ 放縱，行為不檢：放蕩 / 浪蕩 / 淫蕩。

❺ 淺水湖：蘆花蕩 / 黃天蕩。

盪 `dàng` （也可寫作「蕩」）

❶ 搖動，擺動：盪舟 / 動盪 / 搖盪 / 盪鞦韆。

❷ 洗滌：滌盪。

用法

用作動詞，表示搖動或洗滌時，「盪」、「蕩」一般可通用，其他情況一般用「蕩」。

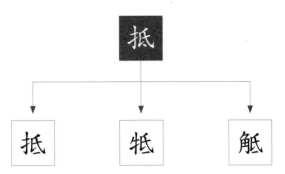

抵 [dǐ]

❶ 支撐，頂住：抵住門別讓風颳開。

❷ 阻擋，抗拒：抵擋／抵抗／抵制。

❸ 償還：抵償／抵命／抵債。

❹ 消除：抵消／功過相抵。

❺ 相當，能替代：一個抵兩個。

❻ 到達：抵達／抵京。

牴 [dǐ]

用角頂，引申為觸犯：牴觸／牴牾。

觝 [dǐ]

「牴」的異體字。

用法

「抵觸」、「牴觸」、「觝觸」三種寫法皆有，「牴」與「觝」特指牛羊等以角觸撞，引申表示觸犯或兩者相矛盾的意思。

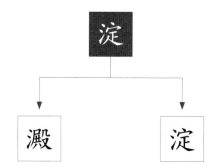

澱 dian

❶ 液體裏沉下的渣滓：澱粉。

❷ 沉積：沉澱。

淀 diàn

淺的湖泊（多用於地名）：白洋淀（在河北）。

用法

北京市海淀區，元代以前是一片沼澤，故稱「海淀」，不可寫作「海
澱」。

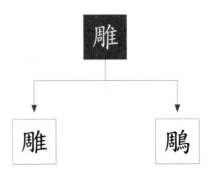

雕 diāo

❶ 在竹、木、玉石、金屬等上面刻畫：雕版／雕花／精雕細刻。

❷ 指雕刻藝術或作品：冰雕／浮雕／木雕泥塑。

❸ 用彩畫裝飾：雕牆／雕欄玉砌。

鵰 diāo

又叫鷲，一種兇猛的鳥類，羽毛褐色，上嘴鈎曲，能捕食山羊、野兔等：鵰悍（比喻像鵰一樣兇悍）／一箭雙鵰。

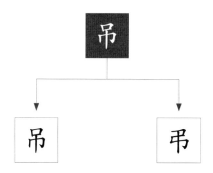

吊 diào

❶ 懸掛：吊燈／吊環／吊橋。

❷ 用繩子等繫着向上提或向下放：把水桶吊上來。

❸ 收回：吊銷執照。

弔 diào

❶ 祭奠死者或慰問死者家屬：弔喪／弔唁。

❷ 對着遺跡懷念古人或舊事：憑弔。

❸ 舊時錢幣單位，一千個制錢叫「一弔」。

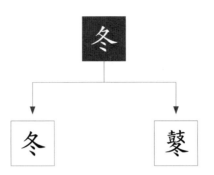

冬 dōng

四季中的第四季，氣候最冷：冬天 / 過冬 / 隆冬。

鼕 dōng

象聲詞。形容敲鼓或敲門等的聲音：鼓聲鼕鼕。

附註

「咚」與「鼕」字音相同，均是象聲詞，但「咚」字並不簡化。

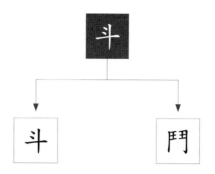

斗 dǒu

❶ 容量單位，一斗為十升。

❷ 舊時量糧食的器具，容量為一斗。

❸ 像斗的東西：漏斗／煙斗／熨斗。

❹ 二十八星宿之一，通稱南斗：氣沖斗牛。

❺ 北斗星，也泛指星：斗轉星移／滿天星斗。

❻ 比喻事物大或小：斗膽（形容膽量大，多用作謙辭）／斗室（形容狹小的房屋）。

鬥 dòu

❶ 對打，相爭：毆鬥／戰鬥／明爭暗鬥。

❷ 使動物鬥：鬥雞／鬥蟋蟀。

❸ 比勝負優劣：鬥力／鬥智／鬥嘴。

❹ 拼合：鬥榫。

用法

讀作第三聲時，寫作「斗」；讀作第四聲時，寫作「鬥」。

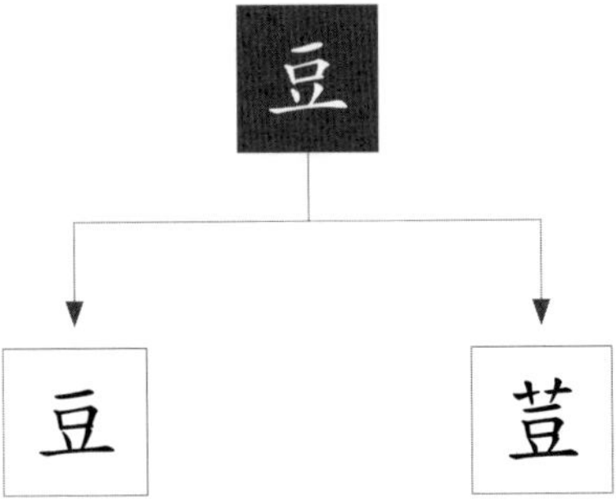

豆 dòu

❶ 豆類植物的總稱：大豆／紅豆／綠豆。

❷ 古代盛肉或其他食品的器皿。

荳 dòu

「豆❶」的異體字。

用法

「荳」加了「⁺⁺」形來表義，表明與植物有關，「荳蔻」一詞較常用草字頭的「荳」，如：荳蔻年華。

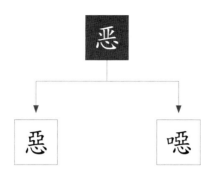

惡¹ è

❶ 惡劣，不好：惡果 / 惡習 / 醜惡。

❷ 兇狠：惡霸 / 惡毒 / 惡戰 / 兇惡。

❸ 犯罪的事，極壞的行為：作惡多端 / 罪大惡極。

惡² wù

討厭，憎恨：可惡 / 厭惡 / 深惡痛絕。

惡³ wū

歎詞。表示驚訝：惡，是何言也！

噁 ě

【噁心】

❶ 要嘔吐的感覺：胃不舒服，感到陣陣噁心。

❷ 討厭，令人厭惡：這樣的醜事讓人噁心。

附註

「噁」讀 è 時指有機化合物「二噁英」，簡化為「噁」，而非「恶」。

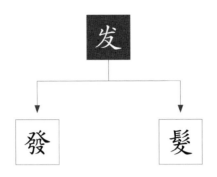

發 fā

❶ 交付，送出，跟「收」相對：發貨 / 分發。

❷ 發射：發炮 / 百發百中。

❸ 產生，發生：發病 / 發電 / 發芽。

❹ 表達，說出：發表 / 發誓 / 發問。

❺ 開展，擴大：發揚 / 發展。

❻ 興旺：發跡 / 暴發戶。

❼ 散開，分散：揮發 / 蒸發。

❽ 打開，揭露：發掘潛力 / 揭發罪行。

❾ 因變化而顯現，感到：發臭 / 發黃 / 發麻 / 發癢。

❿ 流露（感情）：發愁 / 發怒 / 發笑。

⓫ 起程：出發 / 整裝待發。

⓬ 開始行動：發動 / 發起 / 先發制人。

⓭ 引起，啟發：引發 / 發人深省。

⓮ 量詞。用於槍彈、炮彈：一發子彈。

髮 fà

頭髮：短髮 / 理髮 / 令人髮指 / 千鈞一髮。

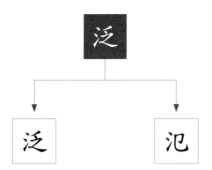

泛 fàn

❶ 漂浮：泛舟。

❷ 透出：臉上泛紅。

❸ 廣泛，一般地：泛論 / 泛指。

❹ 膚淺，不深入：浮泛 / 空泛 / 泛泛而談。

氾¹ fàn

水溢出：氾濫 / 黃氾區（黃河氾濫影響的區域）。

氾² fán

用於姓氏或人名。

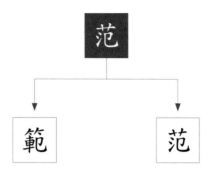

範 fàn

❶ 鑄造器物的模型：錢範 / 銅範。

❷ 模範，榜樣：範例 / 典範 / 示範。

❸ 界限：範疇 / 範圍。

❹ 限制：防範。

范 Fàn

姓氏。

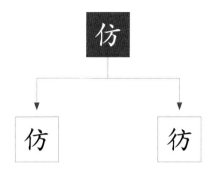

仿 _{fǎng}

❶ 效法，照樣做：仿效 / 仿造 / 仿製 / 模仿。

❷ 類似，像：他長得跟他舅舅相仿。

彷¹ _{fǎng}

【彷彿】

❶ 好像：這幅畫我彷彿在哪裏見過。

❷ 類似：他的模樣還和十年前相彷彿。

彷² _{páng}

【彷徨】遊移不定，不知道往哪裏走好。也作「徬徨」。

用法

「彷」字最早與「徨」字連用，表示徘徊的意思。一般只有「彷徨」、「彷彿」兩詞用從「彳」的「彷」，其他情況用從「亻」的「仿」。

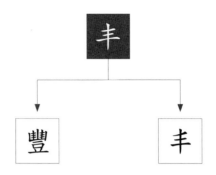

豐 fēng

❶ 盛，多：豐富 / 豐年 / 豐盛 / 豐收 / 豐衣足食。

❷ 大：豐碑 / 豐功偉績。

❸（身體）胖得好看：豐滿 / 豐腴。

丰 fēng

美好的容貌或姿態：丰采 / 丰姿。

用法

> 表示美好的神態、風韻時用「丰」，可與「風」通用，如「丰采」、
> 「丰姿」，亦可寫作「風采」、「風姿」；其他情況用「豐」。

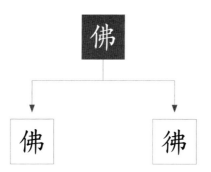

佛 fó

❶ 梵語「佛陀」的簡稱，是佛教徒對「得道者」的稱呼：如來佛 / 立地成佛。

❷ 指佛教，釋迦牟尼創立的宗教：佛法 / 佛經。

❸ 指佛號或佛經：唸佛 / 誦佛。

彿 fú

【彷彿】

❶ 好像：這幅畫我彷彿在哪裏見過。

❷ 類似：他的模樣還和十年前相彷彿。

用法

> 只有「彷彿」一詞用從「彳」的「彿」，其他情況用從「亻」的「佛」。

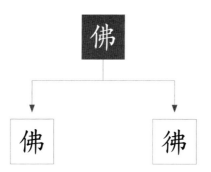

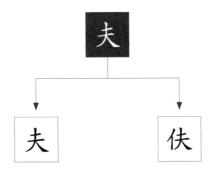

夫¹ fū

❶ 丈夫：夫婦／夫妻。

❷ 成年男子的通稱：匹夫／大丈夫／萬夫不當之勇。

❸ 從事某種體力勞動的人：農夫／漁夫。

夫² fú

❶ 文言指示代詞。那，這：獨不見夫螳螂？

❷ 文言發語詞：夫天地者。

❸ 文言語氣詞。用在句末，表示感歎：逝者如斯夫。

伕 fū （也可寫作「夫」）

舊時服勞役的人，特指做苦工的人：拉伕／役伕。

用法

指服勞役的人時，「伕」、「夫」可通用，其他情況用「夫」。

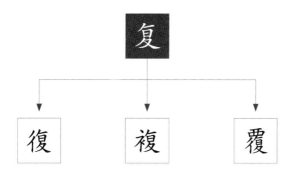

復 fù

❶ 回去，返：循環往復。

❷ 還原：復古 / 恢復 / 康復 / 修復。

❸ 回報（多指仇恨）：復仇 / 報復。

❹ 再，又：日復一日 / 舊病復發 / 死灰復燃。

複 fù

❶ 再次：複習 / 複製 / 重複。

❷ 不是單一的：複姓 / 複雜。

覆 fù

❶ 遮蓋：天覆地載 / 大地被一層白雪覆蓋。

❷ 翻倒：覆舟 / 天翻地覆。

❸ 滅亡：覆滅 / 覆亡。

❹ 回答：答覆 / 敬覆。

- 「覆核」與「複核」：前者是不同層級之間（通常是上對下）審查核對結果，後者是同一層級中重複審核。
- 「反覆」與「反復」：前者指一次又一次，顛倒變易；後者專指一種修辭手法——相同的詞語或句子重複出現。
- 「回覆」與「回復」：前者是「回答」之意，後者是「恢復」之意。

現今「復」、「複」均簡化為「复」；「覆」不簡化，但有不少人誤以為「复」是其簡化字。

F
复

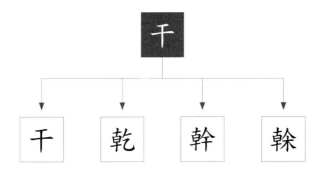

干 gān

❶ 古代指盾牌：動干戈（比喻戰爭）。

❷ 冒犯，觸犯：干犯 / 干擾。

❸ 關連，涉及：不相干 / 這事與你何干？

❹ 追求（職位俸祿等）：干祿。

❺ 水邊：河干 / 江干。

❻ 指天干。

❼ 成羣有關係的人：一干人。

乾 gān

❶ 沒有水分或水分少的，跟「濕」相對：乾柴 / 乾糧 / 乾燥。

❷ 加工製成的乾燥食品：餅乾 / 牛肉乾。

❸ 枯竭，空虛：外強中乾。

❹ 空，徒然：乾等 / 乾看着 / 乾着急。

❺ 指拜認的親屬關係：乾爹。

幹 gàn

❶ 事物的主體，重要的部分：幹線 / 軀幹 / 樹幹。

❷ 做事，從事：埋頭苦幹 / 你在幹甚麼？

❸ 才能，有才能的：幹練 / 才幹。

榦 (gàn)

「幹①」的異體字。

用法

「干」、「乾」、「幹」、「榦」本非一字，「干」是盾牌，引申為防衛、
冒犯；「乾」多用作形容詞，表示缺乏水分、枯竭、徒然的意思；
「幹」是軀體的主幹；「榦」是古時築牆時支撐在兩端的木材。除了
「幹」與「榦」在「樹幹」義上可通用外，在古籍中四字各不相通。

附註

「乾」讀 qián 時不簡化，如：乾坤、乾隆。

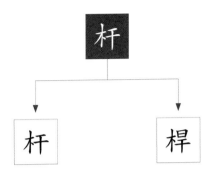

杆 gǎn

細長的木棍：欄杆 / 旗杆 / 電線杆。

桿 gǎn

❶ 器物上像棍子的細長部分：筆桿 / 槍桿。
❷ 量詞。用於有桿的器物：一桿筆 / 一桿槍。

用法

　讀作第一聲，指較大型的棍狀物時，寫作「杆」；讀作第三聲，指較小型的棍狀物時，寫作「桿」。

杠

```
        杠
        │
    ┌───┴───┐
    ↓       ↓
   槓       杠
```

槓 gàng

❶ 較粗的棍子：木槓 / 鐵槓。

❷ 一種運動器具：雙槓 / 高低槓。

❸【槓桿】力學中的簡單機械：槓桿原理。

杠 gāng

❶ 橋。

❷ 旗杆。

用法

讀作第四聲時，寫作「槓」；讀作第一聲時，寫作「杠」，「杠」在現代漢語中已較少使用。

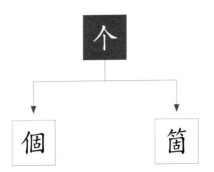

個¹ gè

❶ 量詞：見個面／三個月／一個人。

❷ 單獨的：個人／個體。

❸ 人的身材或物品的大小：個兒／個子。

❹ 這，此：個中好手。

個² gě

【自個兒】自己：這件事我自個兒負責。

箇 gè

「個¹」的異體字。

用法

現今一般用「個」，僅「個中」一詞仍有習慣寫作「箇中」，如：箇中
翹楚、箇中滋味。

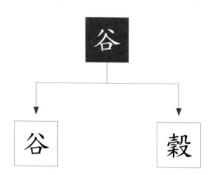

谷¹ _{gǔ}

兩山之間的狹長地帶或水道：谷地 / 山谷 / 峽谷 / 萬丈深谷。

谷² _{yù}

【吐谷渾】中國古代西部民族，隋唐時曾建立政權。

穀 _{gǔ}

稻、麥、高粱等作物的總稱：穀物 / 五穀。

用法

- 表示地形或地名時用「谷」；表示糧食作物時用「穀」。
- 香港稱爆米花為「爆谷」，不可寫作「爆穀」。
- 典籍《春秋穀梁傳》，不可寫作「春秋谷梁傳」。

附註

「穀」作「善、好」義時並不簡化，如：穀旦（吉日）、不穀（古代君主、諸侯自稱的謙辭）。

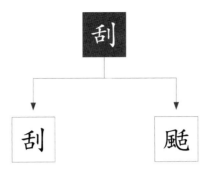

刮 guā

❶ 用刀子去掉物體表面的東西：刮鬍子／刮魚鱗。

❷ 擦拭：刮目相看。

❸ 剝削，掠奪：搜刮／刮地皮。

颳 guā

風吹動：颳颱風／風颳倒了一棵樹。

拐

拐 → 拐　栧

拐 guǎi

❶ 轉彎：拐角 / 拐彎抹角 / 拐過去就是大街。

❷ 腿腳有毛病，走路不穩：走路一瘸一拐。

❸ 用欺騙手段把人或財物騙走：拐騙 / 拐款潛逃。

栧 guǎi （也可寫作「拐」）

走路時幫助支持身體的棍子：扶着栧杖。

用法

指支撐身體的棍子時，「栧」、「拐」可通用，其他情況用「拐」。

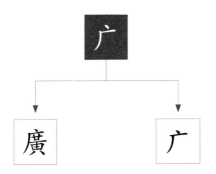

廣 guǎng

❶ 寬闊，大：廣場 / 地廣人稀。

❷ 眾多：大庭廣眾 / 兵多將廣。

❸ 擴大，擴充：推廣 / 以廣流傳 / 集思廣益。

❹ 指廣東、廣州。

广 yǎn

依山崖所建造的房屋：剖竹走泉源，開廊架崖广（韓愈《陪杜侍御遊湘西兩寺獨宿有題一首因獻楊常侍》）。

用法

「广」是古字，象房屋之形，有部首「广部」。

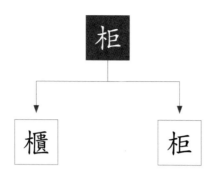

櫃 guì

一種收藏東西用的家具：書櫃 / 衣櫃。

柜 jǔ

【柜柳】落葉喬木，羽狀複葉，小葉長橢圓形，花黃綠色。也作「欅柳」。

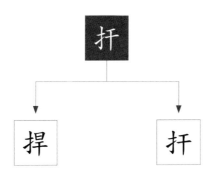

捍 _{hàn}

保衞，抵禦：捍衞／捍禦。

扞 _{hàn}

【扞格】互相抵觸：扞格不入。

> **用法**
>
> 「捍」是「扞」的後起字，現今一般用「捍」，只有「扞格」一詞保留「扞」的寫法。

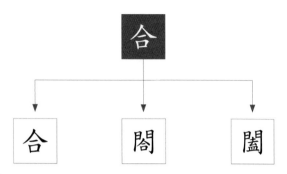

合¹ hé

❶ 關閉，閉上：合攏 / 合眼。

❷ 聚，集：集合 / 聚合 / 悲歡離合。

❸ 全：合家老少。

❹ 相符，不違背：合法 / 合格 / 合理。

❺ 折算：折合。

❻ 共同，一起：合辦 / 合唱 / 合力。

❼ 量詞。舊小說中指交戰回合：大戰五十合。

合² gě

❶ 容量單位，一升的十分之一。

❷ 舊時量糧食的器具，容量是一合。

閤 hé

同「合¹❸」。

闔 hé

❶ 全，整個的：闔家 / 闔府。

❷ 關閉：闔户。

「合」、「閤」、「闔」均有全的意思,現今一般用「合」;只有在較正式的場合或書信,才用「闔」,如:闔家平安、闔府統請(邀請對方全家人出席)。

附註

- 「合」、「闔」為兩個不同的字,但習慣上被視為簡繁關係。
- 「闔」的簡化字為「阖」。

H
合

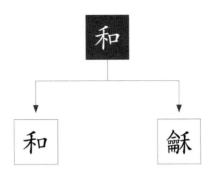

和¹ hé

❶ 相處融洽，配合得好：和好／和睦／和諧。

❷ 平靜，不猛烈：和順／溫和／心平氣和。

❸ 平息爭端：和解／講和。

❹ 比賽不分勝負：和局／和棋。

❺ 連帶：和盤托出（完全說出來）／和衣而臥。

❻ 介詞。對，向：你和孩子講話要講得淺易些。

❼ 連詞。跟，同：我和他意見相同／小美和小遠是好朋友。

❽ 數學上指兩個以上的數加起來的總數：二加三的和是五。

❾ 指日本：和服。

和² hè

❶ 聲音相應，特指依照別人詩詞的體裁或題裁而寫作詩詞：和詩。

❷ 和諧地跟着唱：曲高和寡／一唱百和。

和³ hú

打麻將或鬥紙牌時某一家的牌合乎規定要求，取得勝利。

和⁴ huó

在粉狀物中加水攪拌或揉弄使有黏性：和麵／和泥。

和 [5] huò

❶ 粉狀或粒狀物混合在一起，或加水攪拌：和藥。

❷ 量詞。煎藥加水或洗衣物換水的次數：煎第二和／洗了兩和。

龢 hé

❶ 用於人名：翁同龢（清代人）。

❷「和¹ ①-③」的異體字。

> **用法**
>
> 「龢」的本義是音樂協和，在古籍中常借「和」為「龢」。現今「龢」多用於人名，如香港半山旭龢道，由羅旭龢爵士興建並以他命名；其他情況用「和」。

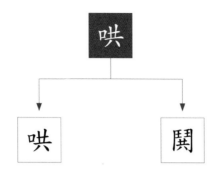

哄¹ hōng

很多人同時發出聲音：哄傳 / 哄堂大笑。

哄² hǒng

❶ 說假話騙人：哄騙 / 你不要哄我。
❷ 用語言或行動使人歡喜：他很會哄小孩子。

閧 hòng

吵鬧，攪亂：起閧（故意吵鬧擾亂）/ 一閧而散。

用法

讀作第一聲、第三聲時，寫作「哄」；讀作第四聲時，寫作「閧」。

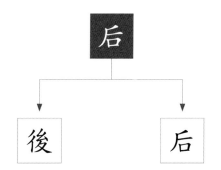

後 _{hòu}

❶ 方位詞。指空間，在背面的：後門 / 山後。

❷ 指時間，晚，未到的：後天 / 日後 / 先來後到。

❸ 指次序，在後的：後排 / 落後 / 後十名。

❹ 後代，子孫：後裔 / 名門之後。

后 _{hòu}

❶ 君主的妻子：后妃 / 皇后 / 皇太后。

❷ 古代稱君主：周之先后（先王）。

用法

- 神話人物「后稷」、「后羿」，不可寫作「後稷」、「後羿」。
- 「後」、「后」為兩個不同的罕見姓氏，注意不要混淆。

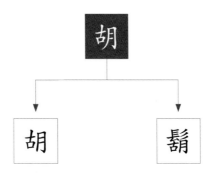

胡 _hú_

❶ 中國古代稱北方和西方的少數民族：胡服／胡人。

❷ 中國古代泛指外國或外族的東西：胡椒／胡琴。

❸ 任意，隨便：胡來／胡鬧／胡説／胡作非為。

❹ 文言代詞。為甚麼，何故：胡不歸？

❺【胡同】小巷，小街道。

❻ 姓氏（Hú）。

鬍 _hú_

鬍子，嘴周圍和連着鬢角長的毛：鬍鬚。

> **用法**
>
> 「鬍」是「胡」的後起字，現今只有指鬍鬚時才用「鬍」，其他情況用「胡」。

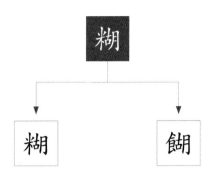

糊¹ hú

❶ 粘貼：糊風箏 / 糊信封。

❷ 有黏性的稠狀物：漿糊。

❸ 不明白，不清楚：糊塗 / 迷糊 / 模糊。

糊² hù

像粥一樣的食物：芝麻糊。

糊³ hū

塗抹使封閉起來：用泥把牆縫糊上。

餬 hú

【餬口】填飽肚子，比喻勉強維持生活：難以餬口。

用法

只有「餬口」一詞用「餬」，其他情況用「糊」。

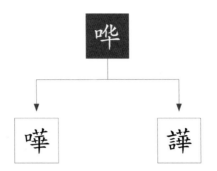

嘩 (huā)

象聲詞。形容撞擊、水流等的聲音：流水嘩嘩地響。

譁 (huá)　（也可寫作「嘩」）

人多聲雜，亂吵：譁然 / 喧譁 / 譁眾取寵。

用法

> 用作象聲詞時，只可寫作「嘩」；表示吵雜時，「譁」、「嘩」一般可通用。

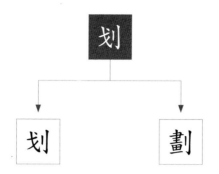

划 huá

❶ 用槳撥水使船行動：划船 / 划龍舟。

❷ 合算，計算：划算 / 划不來。

❸【划拳】猜拳，飲酒時一種助興取樂的遊戲。

劃¹ huá

❶ 用銳利的東西把別的東西割開：劃破了手 / 用刀把瓜劃開。

❷ 擦：劃火柴。

劃² huà

❶ 分開：劃分 / 劃清界線。

❷ 調撥（款項）：劃撥 / 劃款 / 劃賬。

❸ 設計，籌謀：籌劃 / 規劃 / 計劃。

用法

現代漢語中一般只有三種情況用「划」：表示划船、表示划算、表示划拳。其他情況用「劃」。

回 huí

❶ 還，歸：回國／回家。

❷ 掉轉：回顧／回過身來。

❸ 答覆，答報：回覆／回話／回敬／回信。

❹ 謝絕，退掉：回絕／回掉工作。

❺ 量詞。指事件的次數：兩回／這是另一回事。

❻ 量詞。舊小說分的章節：《紅樓夢》共一百二十回。

迴 huí

❶ 曲折環繞，旋轉：迴廊／巡迴／迴文詩／迴環往復／峯迴路轉／迂迴曲折。

❷ 避開，繞過：迴避。

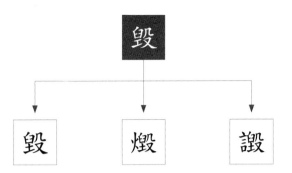

毁 (huǐ)

❶ 破壞，損害：毀滅／銷毀。

❷ 燒掉：焚毀／燒毀／炸毀。

❸ 誹謗，說別人的壞話：毀謗／詆毀／毀譽參半。

燬 (huǐ)

「毀❷」的異體字。

譭 (huǐ)

「毀❸」的異體字。

用法

「燬」、「譭」是「毀」的後起字。現今一般用「毀」，若要強調因焚燒而損壞時，可用「燬」；強調因言論引起的毀傷，可用「譭」。

匯　_hui_

❶ 水流會合在一起：匯集／匯成巨流／百川所匯。

❷ 把款項由甲地寄到乙地：匯兑／匯款。

❸ 指外國貨幣或證券：匯市／外匯。

彙　_huì_

❶ 聚集，聚合：彙報／彙編／彙整／彙印成書。

❷ 聚集而成的東西：詞彙／字彙。

用法

「匯」、「彙」均有會合、聚集的意思，比喻東西像水流般會合時用
「匯」；特指文字、資料等聚集而成時用「彙」。

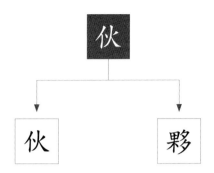

伙¹ huǒ

飯食：伙食／開伙。

伙² huo

【傢伙】

❶ 指工具或武器：這傢伙真鋒利。

❷ 指人（輕視或玩笑）：這傢伙真滑稽。

❸ 指牲畜：這傢伙真乖巧，見了主人就擺尾。

夥 huǒ　（也可寫作「伙」）

❶ 同伴，一同做事的人：夥伴／同夥。

❷ 由同伴組成的集體：合夥／成羣結夥。

❸ 舊稱店員：夥計。

❹ 共同，聯合起來：夥同。

❺ 量詞。用於人羣：一夥人／四個一夥。

用法

- 表示同伴、共同、人羣量詞等義時，「夥」、「伙」可通用，其他情況用「伙」。
- 「小伙子」一詞習慣用「伙」。

附註

「夥」作「眾多」義時並不簡化，如：獲益甚夥。

H
伙

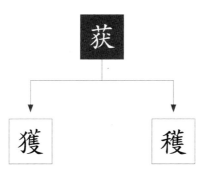

獲 huò

❶ 捉住，擒住：捕獲 / 俘獲。

❷ 得到：獲得 / 獲獎 / 獲取 / 獲勝 / 不勞而獲。

穫 huò

本指收割莊稼，泛指得到的成果：收穫。

用法

> 現代漢語中一般只有「收穫」一詞用「穫」，其他情況用「獲」。

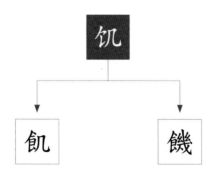

飢 jī

餓：飢餓 / 飢渴 / 充飢 / 飢不擇食 / 飢寒交迫。

饑 jī

農作物收成不好或沒有收成：饑荒 / 饑饉。

用法

表示人吃不飽時用「飢」；表示農作物失收時用「饑」。在古籍中，
兩字有互為通假的情況。

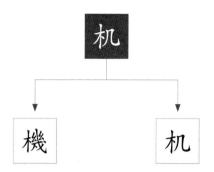

機 _{jī}

❶ 機器：發電機 / 收音機 / 影印機。

❷ 飛機：機場 / 客機 / 戰鬥機。

❸ 事物發生變化的樞紐：契機 / 生機 / 危機。

❹ 機會，合宜的時候：機遇 / 乘機 / 隨機應變 / 勿失良機。

❺ 重要的或重要的事情：機密 / 機要 / 軍機 / 日理萬機。

❻ 心思，念頭：動機 / 心機 / 靈機一動。

❼ 靈巧，能迅速適應事物變化的：機警 / 機巧 / 機智。

机 _{jī}

木名。一種像榆樹的樹木：春机楊柳（揚雄《蜀都賦》）。

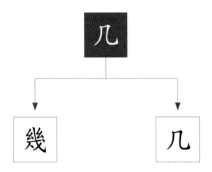

幾[1] jǐ

❶ 詢問數量的疑問詞：幾個人？／來幾天了？

❷ 表示大於一而小於十的不定的數目：所剩無幾／他才十幾歲。

幾[2] jī

將近，差一點：我幾乎忘了。

几 jī

小或矮的桌子：茶几／窗明几淨。

> **用法**
>
> 「几」是象形字，本義是古人席地而坐時有靠背的坐具，後亦指擱置物件的小桌子，指這些物件時，不可寫作「幾」。

J
几

80

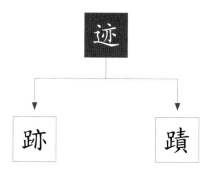

跡 jì

❶ 留下的印痕：筆跡／痕跡／血跡／蹤跡／足跡。

❷ 前人遺留的事物或功業：古跡／史跡／事跡／遺跡。

蹟 jì

「跡❷」的異體字。

用法

現今一般用「跡」，而指前人留下的古建築或文物時，仍有習慣用「蹟」，如：香港特區政府發展局轄下的部門「古物古蹟辦事處」。

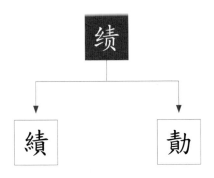

績 jì

❶ 把麻分成細縷接起來搓成線：績麻 / 紡績。

❷ 功業，成果：成績 / 功績 / 業績 / 戰績。

勣 jì

❶ 用於人名：李勣 (唐代名將)。

❷「績❷」的異體字。

> **用法**
>
> 在古籍中指功業時，「勣」通「績」；現今除人名外，其他情況一般用「績」。

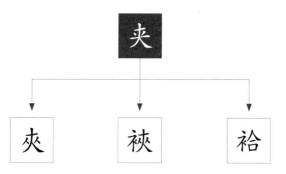

夾[1] jiā

❶ 從兩個方面加壓力,使物體固定:夾着書包 / 用筷子夾菜。

❷ 從兩個方面採取行動:夾攻 / 夾擊。

❸ 處在兩者之間:夾縫 / 兩山夾一水 / 書裏夾着一張紙。

❹ 摻雜:夾雜 / 狂風夾着暴雨。

❺ 夾東西的器具:髮夾 / 文件夾。

夾[2] gā

夾肢窩,即腋下。

袷 jiá （也可寫作「夾」）

雙層的衣物:袷襖 / 袷被。

袷 qiā

【袷袢】維吾爾、塔吉克等民族所穿的對襟長袍。

用法

表示雙層的衣物時,「袷」、「夾」可通用;特指少數民族的傳統服飾時用「袷」。

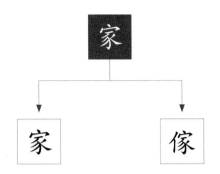

家 _{jiā}

❶ 家庭，人家：成家立業 / 他家有五口人。

❷ 家庭的住所：家園 / 搬家 / 回家。

❸ 經營某種行業或有某種身分的人：農家 / 商家。

❹ 掌握某種專門學識或技能的人：畫家 / 專家 / 科學家 / 文學家。

❺ 學術流派：法家 / 儒家 / 百家爭鳴。

❻ 指相對各方中的一方：公家 / 上家。

❼ 謙辭。對別人稱比自己年紀大或輩分高的親屬：家父 / 家兄。

❽ 量詞。用來計算企業或家庭等：兩家工廠 / 一家人家。

傢 _{jiā}

【傢伙】

❶ 指工具或武器：這傢伙真鋒利。

❷ 指人（輕視或玩笑）：這傢伙真滑稽。

❸ 指牲畜：這傢伙真乖巧，見了主人就擺尾。

> **用法**
>
> • 只有「傢伙」一詞用「傢」，其他情況一般用「家」。
>
> • 粵語口語稱家具為「傢俬」。

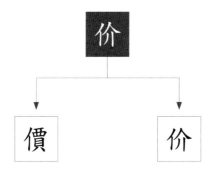

價¹ jià

❶ 價錢，商品所值的金錢數：價目 / 減價 / 物價 / 貨真價實。

❷ 價值：評價 / 身價 / 等價交換。

價² jie

❶ 用在否定副詞後面加強語氣：別價 / 不價。

❷ 用在某些狀語的後面。相當於「地」：成天價忙 / 震天價響。

价 jiè

舊時稱傳送東西或傳達事情的人：小价（謙稱自己的僕人）/ 恕乏价催（請受帖人原諒，沒有人去催促赴宴）。

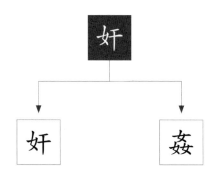

奸 <small>jiān</small>

❶ 虛偽，狡詐：奸笑 / 奸雄 / 老奸巨滑。

❷ 出賣國家、民族或團體利益的人：奸細 / 漢奸。

❸ 自私，取巧：藏奸耍滑。

❹ 壞人或壞事：姑息養奸 / 狼狽為奸。

姦 <small>jiān</small>

男女發生不正當的性行為：姦淫 / 強姦 / 通姦。

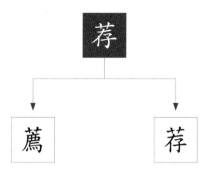

薦 jiàn

❶ 野獸、牲畜吃的草：麋鹿食薦。
❷ 推舉，介紹：薦人／舉薦／推薦。

荐 jiàn

草蓆：草荐。

用法

在古籍中指草、草蓆時，「薦」、「荐」可通用。現代漢語中常見的「推舉」義，只可用「薦」。

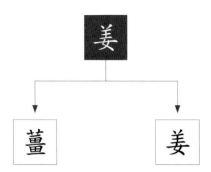

薑 jiāng

草本植物，根狀莖黃褐色，味辣，是常用調味品，也可入藥：老薑／生薑。

姜 Jiāng

姓氏。

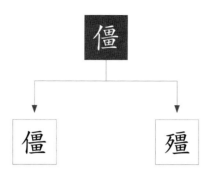

僵 jiāng

❶ 直挺挺，不靈活：僵硬 / 手凍僵了。

❷ 雙方相持不下：僵局 / 鬧僵了 / 僵持不下。

❸ 收斂笑容，表情嚴肅：他僵着臉，很可怕。

殭 jiāng

死後而屍體不腐朽的：殭屍。

用法

只有「殭屍」一詞用「殭」，其他情況用「僵」。

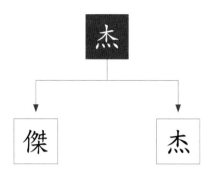

傑 _jié_

❶ 才能出眾的人：俊傑／英雄豪傑。

❷ 特異的，超過一般的：傑作／傑出。

杰 _jié_

用於人名。

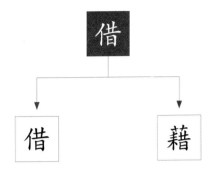

借 jiè

❶ 暫時使用別人的財物等：借錢 / 借書。

❷ 把財物等暫時給別人使用：出借 / 借給他一百元。

❸ 利用：借刀殺人 / 借古諷今 / 借花獻佛 / 借酒澆愁 / 借題發揮。

藉 jiè

❶ 假託：藉故 / 藉口。

❷ 依賴：藉以 / 憑藉 / 藉着燈光看書。

附註

「慰藉（jiè）」、「枕藉（jiè）」、「狼藉（jí）」的「藉」不簡化。

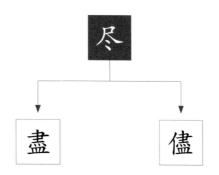

盡 jìn

❶ 完畢：取之不盡 / 無窮無盡 / 一言難盡。

❷ 死亡：自盡 / 同歸於盡。

❸ 達到極端：盡頭 / 盡善盡美 / 山窮水盡。

❹ 全部用出：盡力 / 盡心 / 物盡其用。

❺ 竭力做到：盡責 / 盡職。

❻ 都，全：應有盡有 / 盡在不言中。

儘 jìn

❶ 力求達到最大限度：儘快 / 儘量 / 儘早 / 儘可能。

❷ 任憑，不加限制：你們儘管去做。

❸ 表示以某個範圍為極限，不得超過：儘着三天把事情辦好。

用法

> 「盡量」與「儘量」兩種寫法皆有，「盡量」為動詞，意思是達到最大
> 限度，如：「喝了一整晚酒，還沒盡量」；「儘量」為副詞，意思是
> 力求最大限度地，如：「儘量滿足顧客的要求」。

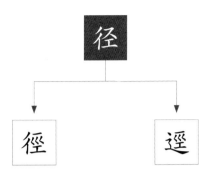

徑 jìng

❶ 小路：山徑 / 曲徑通幽。

❷ 比喻達到目的的方法：捷徑 / 門徑 / 途徑。

❸ 指直徑：半徑 / 口徑。

逕 jìng

❶ 副詞。直接：逕直 / 逕行辦理。

❷ 用於地名：逕頭（在廣東）。

> **用法**
>
> 在古籍中表示小路、直徑、直接的意思時，「徑」、「逕」可通用；
> 現今只有在表示直接時，兩字才通用。

> **附註**
>
> 「逕」作地名時，簡化為「迳」，而非「径」。

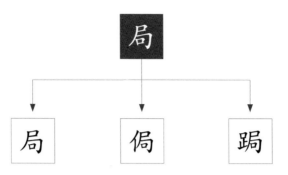

局 jú

❶ 棋類等比賽或比賽形勢：對局 / 開局 / 平局 / 棋局。

❷ 量詞。用於下棋或其他比賽：三局兩勝 / 下了一局棋。

❸ 比喻事情的形勢、情況：大局 / 結局 / 時局。

❹ 人的氣量：局度 / 局量。

❺ 稱某些聚會：賭局 / 飯局。

❻ 圈套：騙局。

❼ 部分：局部麻醉。

❽ 機關及團體組織分工辦事的單位：郵局 / 教育局。

侷 jú （也可寫作「局」）

拘束：侷促 / 侷限。

跼 jú

屈曲不舒展：跼蹐 / 跼躅 / 踡跼。

用法

- 表示拘束時，「侷」、「局」可通用。

- 表示彎曲不能伸展的情況，引申為窘迫不安時，「跼」通常與同
  為足部的字組成詞組。

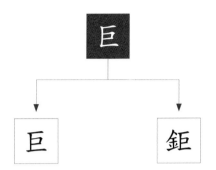

巨 jù

大：巨變 / 巨著 / 巨型飛機。

鉅 jù

❶ 硬鐵。
❷ 鈎子。
❸ 同「巨」。大：鉅額 / 鉅款 / 鉅細靡遺。

用法

「巨」、「鉅」均有大的意思，現今一般用「巨」，而與金錢有關及
「鉅細靡遺」一詞，仍有習慣用「鉅」。

附註

• 表示巨大的意思時，「巨」與「鉅」為正異體關係，但習慣上被視
  為簡繁關係。
• 「鉅」的簡化字為「钜」。

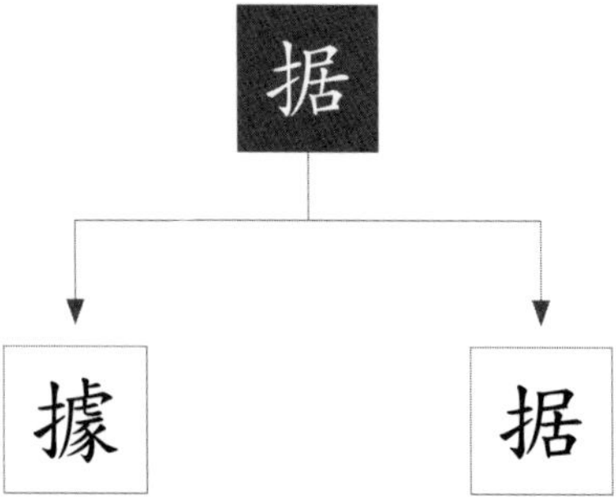

据

據 jù

❶ 憑依，倚仗：據點／據險固守。

❷ 按照，依據：根據／據理力爭。

❸ 佔有：割據／佔據／據為己有。

❹ 憑證，可以用作證明的事物：票據／收據／真憑實據。

据 jū

【拮据】缺少錢，境況窘迫：生活拮据。

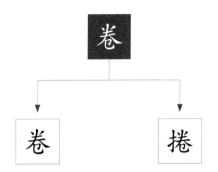

卷¹ juǎn

❶ 裹成圓筒狀的東西：膠卷 / 紙卷。

❷ 量詞。用於成卷的東西：一卷紙。

卷² juàn

❶ 書本：手不釋卷。

❷ 書籍的冊本或篇章：卷二 / 上卷 / 第一卷。

❸ 考試用的紙：交卷 / 試卷。

❹ 機關分類保存的檔案、文件：卷宗 / 案卷。

捲 juǎn

❶ 把東西彎轉裹成圓筒形：捲簾子 / 捲蓆子。

❷ 一種大的力量把東西掀起或裹住：捲起巨浪 / 捲入爭論。

用法

用作名詞或量詞時，寫作「卷」；用作動詞時，寫作「捲」。

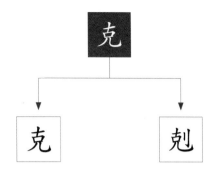

克 _{kè}

❶ 能夠：克勤克儉／不克分身。

❷ 抑制，約束：克服困難／克己奉公／以柔克剛。

❸ 戰勝，攻下據點：克敵／連克數城／攻無不克。

❹ 公制重量或質量單位，一克等於一公斤的千分之一。

剋 _{kè}

❶ 嚴格限定：剋期／剋日完成。

❷ 削減：剋扣／剋削。

❸ 制伏：剋星／相生相剋。

用法

> 現今表示時間、金錢或命理上的限制時，一般用「剋」，其他情況
> 一般用「克」。

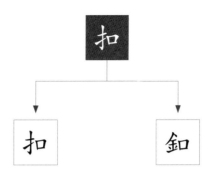

扣 kòu

❶ 用圈、環等東西套住：把門扣上 / 把衣服扣好。

❷ 把器物口朝下放或覆蓋東西：把碗扣在桌上。

❸ 比喻安上（罪名或不好的名義）：扣帽子 / 扣上罪名。

❹ 拘留，強留：扣留 / 扣押。

❺ 從中減除：扣分 / 扣薪水 / 不折不扣。

❻ 繩結：活扣 / 死扣。

❼ 用力朝下擊打：扣球 / 扣殺。

❽ 同「筘」，織布機上的主要機件：絲絲入扣。

鈕 kòu （也可寫作「扣」）

衣鈕：衣鈕。

用法

指衣服鈕鈕時，「鈕」、「扣」可通用，其他情況用「扣」。

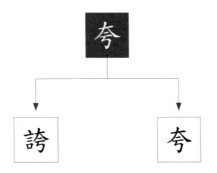

誇 kuā

❶ 説大話，炫耀：誇大 / 誇口 / 浮誇 / 誇誇其談。

❷ 讚揚：誇獎 / 大家都誇他進步快。

夸 kuā

【夸父】神話人物：夸父逐日。

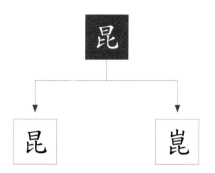

昆 kūn

❶ 子孫，後嗣：後昆。

❷ 哥哥：昆弟 / 昆仲。

❸ 羣，眾多：昆蟲。

崑 kūn

❶【崑崙】山名。西起帕米爾高原，橫貫新疆、西藏之間，東延至青海。

❷【崑曲】流行於中國江浙一帶的劇種。起源於江蘇崑山，故名。

用法

「昆」、「崑」均用作地名，如雲南省昆明市，不可寫作「崑明」。

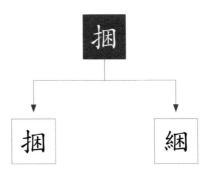

捆 kǔn

❶ 用繩子把東西紮起來：捆綁／捆柴／捆紮。

❷ 量詞。指捆在一起的東西：一捆柴／一捆報紙。

綑 kǔn

「捆①」的異體字。

用法

用作動詞時，「捆」、「綑」可通用；用作量詞時，只可寫作「捆」。

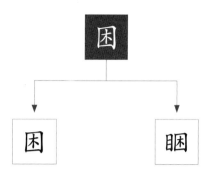

困 _{kùn}

❶ 陷在艱難痛苦裏：為病所困。

❷ 控制在一定範圍裏，包圍住：圍困 / 把敵人困在城裏。

❸ 窮苦，艱難：困境 / 困苦 / 困難 / 窮困潦倒。

❹ 疲乏：困頓 / 困乏。

睏 _{kùn}

❶ 疲乏想睡：睏倦 / 睏得睜不開眼 / 孩子睏了，該睡覺了。

❷ 睡：睏覺 / 睏一會兒。

用法

表示與睡意有關時，寫作目部的「睏」，其他情況寫作「困」。

K
困

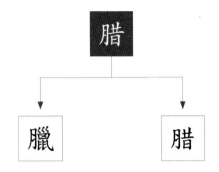

臘 _{là}

❶ 臘月，農曆十二月。

❷ 臘月或冬天醃製後風乾或燻乾的魚、肉等：臘肉。

腊 _{xī}

乾肉。

用法

「臘」的本義是指農曆十二月的臘祭，因此古人稱冬季醃製的肉為「臘肉」，與稱乾肉的「腊肉」意義不同。現今仍稱醃製的肉為「臘」，如：臘腸、臘鴨、燒臘。

L
臘

104

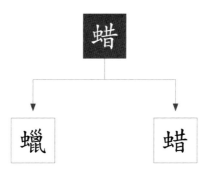

蠟 là

❶ 動物、植物或礦物所產生的油質，常溫下多為固體：白蠟 / 蜂蠟 / 石蠟。

❷ 蠟燭，用蠟或其他油脂製成的照明的東西：蠟台。

❸ 像蠟的顏色：臉色蠟黃。

蜡 zhà

古代一種年終祭祀。

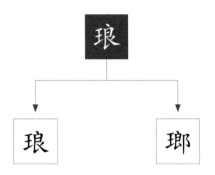

琅 láng

❶ 一種玉石：琅琅上口（以玉石撞擊聲比喻響亮的讀書聲）。

❷ 潔白。

瑯 láng

「琅」的異體字。

用法

製作工藝「琺瑯」、成語「琳瑯滿目」，習慣用「瑯」。

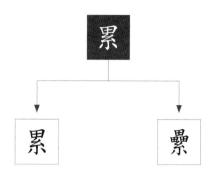

累¹ lèi

❶ 疲乏，過勞：勞累 / 疲累 / 我今天累了！
❷ 使疲勞：別累着他。
❸ 操勞：累了一天，該休息了。

累² lěi

❶ 重疊，堆積：累計 / 成千累萬 / 日積月累。
❷ 屢次，連續：累次 / 累教不改。
❸ 牽連：累及 / 連累 / 拖累。

累³ léi

【累贅】
❶ 多餘，麻煩：這段話有點累贅。
❷ 使人感到多餘或麻煩的事物：他不想成為別人的累贅。

纍 léi

【纍纍】
❶ 憔悴頹喪的樣子：纍纍若喪家之狗。
❷ 連續成串：果實纍纍。

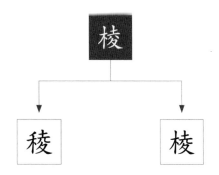

稜 （léng）

稜角：模稜兩可／有稜有角。

棱¹ （lēng）

❶【刺棱】象聲詞。動作迅速的聲音：老鼠刺棱一下跑走了。

❷【撲棱】象聲詞。翅膀抖動的聲音：撲棱一聲，小鳥飛走了。

❸【不棱登】形容詞的後綴。表示厭惡：紅不棱登／傻不棱登。

棱² （líng）

穆棱，地名，在黑龍江。

用法

「稜」、「棱」字形相近，指稜角時，香港以「稜」為正體字，內地則以「棱」為正體字。

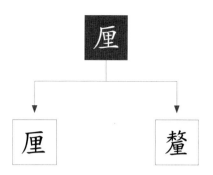

厘 lí

某些計量單位的百分之一：厘米／厘升。

釐 lí （❶也可寫作「厘」）

❶（長度、重量、地積、利率等）計量單位。
❷治理，整理：釐定／釐清／釐正。

用法

現今香港除了「毫釐」寫作「釐」，如：「失之毫釐，差之千里」，其他計量單位一般習慣寫作「厘」，如：「1 米等於 100 厘米」、「銀行定期存款年息可達四厘」。

附註

「釐」讀 xī 時不簡化，如：恭賀年釐。

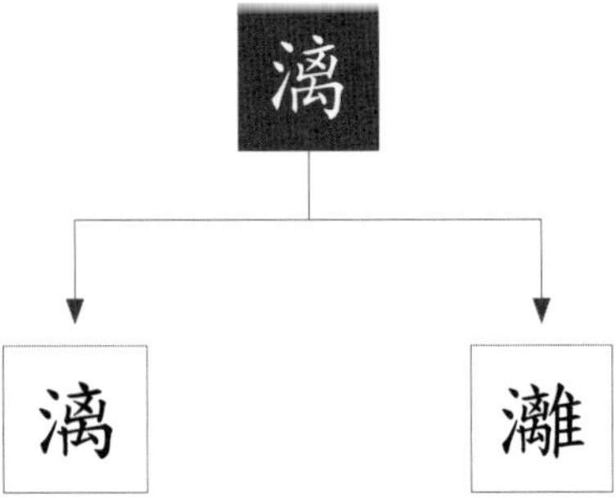

漓

漓 — 灘

漓 lí

【淋漓】

❶ 形容濕淋淋地往下滴：大汗淋漓／墨跡淋漓。

❷ 暢快：淋漓盡致／痛快淋漓。

灘 lí

灘江，水名，在廣西。

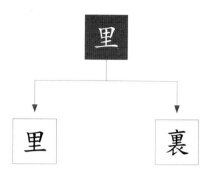

里 lǐ

❶ 街巷（古代五家為鄰，五鄰為里）：里弄／鄰里。

❷ 居住的地方：故里。

❸ 長度單位。一里為五百米，即二分之一公里。

❹ 姓氏（Lǐ）。

裏 lǐ （也可寫作「裡」）

❶ 衣服、被褥等的內層，紡織品的反面：被裏／襯裏／鞋裏子。

❷ 內部，跟「外」相對：手裏／碗裏／裏應外合／表裏如一。

❸ 在「這」、「那」等字後表示地點：哪裏／那裏／這裏。

附註

「裏」、「裡」字音、字義完全相同，兩字互為異體，香港以「裏」為正體字，台灣則以「裡」為正體字。

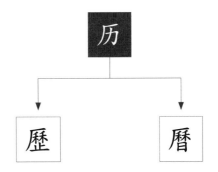

歷

● 經歷，經過：歷盡甘苦／歷時十年／身歷其境。

● 經過的事情：病歷／簡歷／學歷。

● 過去的：歷代／歷年／歷史。

● 遍，一個一個地：歷覽名勝／歷訪各大學。

● 清晰：歷歷在目／往事歷歷。

曆

● 曆法，推算年、月、日和節氣的方法：公曆／農曆。

● 記錄年、月、日、節氣的書、表、冊子：掛曆／日曆。

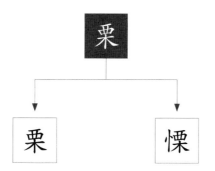

栗 _{lì}

栗子樹，落葉喬木。果實叫栗子，果仁味甜，可以吃。

慄 _{lì}

因害怕或寒冷而發抖：不寒而慄。

簾 lián

用竹子、布等做的遮蔽門窗的東西：窗簾／竹簾／垂簾聽政。

帘 lián

舊時在酒家門前懸掛的旗幟：酒帘。

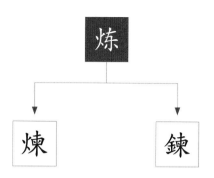

煉 liàn

❶ 用火燒製，使物質純淨或堅韌：煉鐵／提煉。

❷ 用心琢磨使簡潔優美：煉句／煉字。

❸ 反覆實踐，提高技能、修養等：鍛煉／修煉。

鍊 liàn

「煉」的異體字。

用法

> 「煉」、「鍊」的本義都是冶金，兩字可通用，現今香港較常用「煉」。

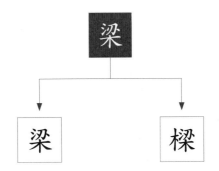

梁 _Liáng_

❶ 朝代名。

❷ 姓氏。

樑 _liáng_

❶ 房樑，架在牆上或柱子上支撐房頂的橫木：棟樑 / 橫樑。

❷ 橋：橋樑 / 石樑。

❸ 中間高起的部分：鼻樑 / 山樑。

用法

在古籍中指橋、房樑時，多用「梁」。現今只有朝代、姓氏及地名用「梁」；表示建築或突起的部分時用「樑」，惟「雕梁畫棟」、「懸梁刺股」等帶有書面語色彩的詞語仍可保留「梁」的寫法。

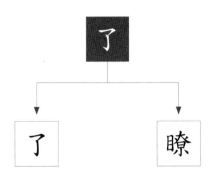

了¹ liǎo

❶ 明白,懂得:了解／一目了然。

❷ 完畢,結束:了結／不了了之／敷衍了事／沒完沒了。

❸ 完全(不),一點(也沒有):了無生趣。

了² le

助詞:買了一本書／明天就是星期日了／算了,不要再說了。

瞭 liǎo

明白,清楚:明瞭／瞭若指掌。

L
了

用法

「了」、「瞭」均有清楚、明白的意思,兩字各有其慣用的配詞,
如:「了解、一目了然」;「明瞭、瞭若指掌」。

附註

「瞭」讀 liào 時不簡化,如:瞭望。

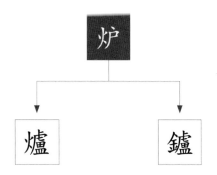

爐 [lú]

取暖、做飯或冶煉用的設備：電爐 / 微波爐 / 圍爐取暖。

鑪 [lú]

金屬元素，有放射性，由人工核反應獲得。

附註

「鑪」的簡化字為「𬭊」，但習慣上被視為「炉」的繁體字。

L
炉

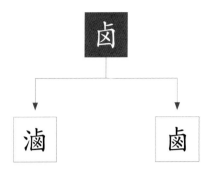

滷 <small>lǔ</small>

用鹽水加香料或用醬油煮：滷蛋／滷肉／滷味。

鹵 <small>lǔ</small>

❶ 鹽鹵，製鹽時剩下的黑色汁液，供製豆腐用。

❷ 鹵素，鹵族元素，包括氟、氯、溴、碘、砹等。

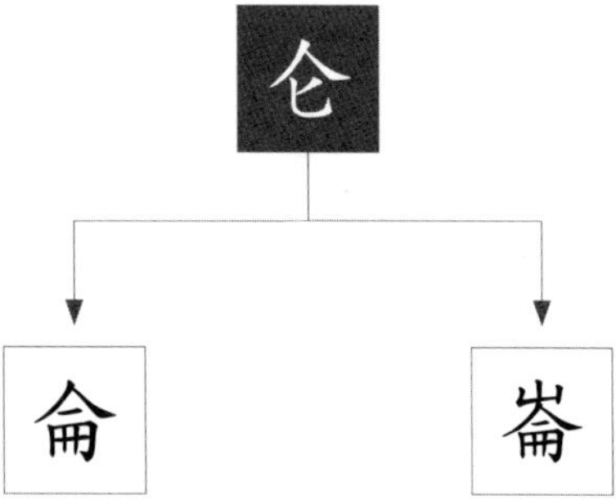

仑

侖 **lún**

❶ 條理，次序。

❷ 譯音用字，如加侖、庫侖。

崙 **lún**

【崑崙】山名。西起帕米爾高原，横貫新疆、西藏之間，東延至青海。

用法

只有「崑崙」一詞用「崙」，其他情況用「侖」。

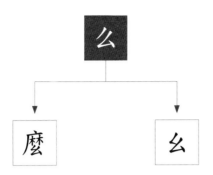

麼 me

詞尾：多麼 / 那麼 / 甚麼 / 怎麼 / 這麼。

幺 yāo

❶ 排行最末的：幺妹 / 幺叔 / 老幺。

❷ 細，小：幺小 / 幺麼小丑（比喻微不足道的人）。

> **附註**
>
> •「幺」與「么」為正異體關係，但習慣上被視為簡繁關係。
>
> •「麼」讀 mó 時不簡化，如：幺麼。

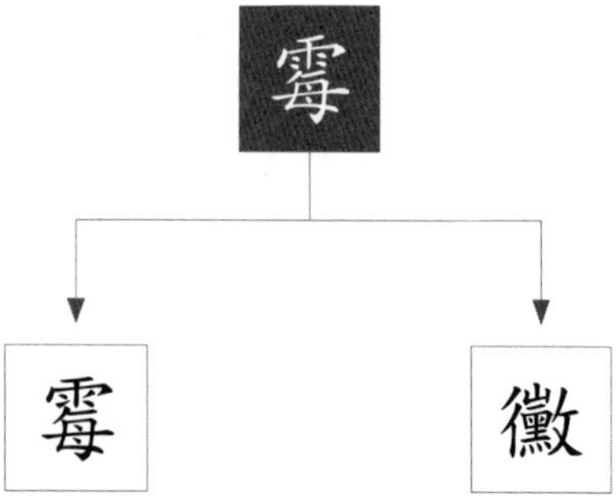

霉

霉　霉

霉 _{méi} méi

❶ 衣物、食品等受濕熱而變質：霉爛／發霉。

❷ 運氣不好：倒霉。

黴 méi

❶ 黴菌，真菌的一類，用孢子繁殖，種類很多。

❷ 面部黝黑：黴黑。

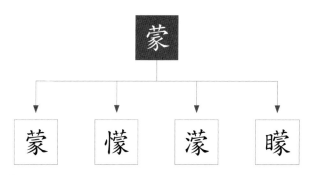

蒙[1] méng

❶ 遮蓋起來：蒙住眼睛 / 蒙上一張紙。

❷ 隱瞞：蒙蔽 / 蒙混。

❸ 受到，遭遇：蒙難 / 蒙受 / 承蒙招待。

❹ 沒有知識，愚昧：蒙昧 / 啟蒙。

蒙[2] měng

昏迷，神志不清：頭發蒙 / 蒙頭轉向。

蒙[3] Měng

蒙古族的簡稱：蒙文。

懞 méng

樸實忠厚：敦懞純固。

濛 méng

形容細雨：濛濛細雨。

矇[1] méng

眼睛失明或看不清：睡眼矇矓。

矇¹ mēng

❶ 欺騙：矇騙 / 欺上矇下。

❷ 胡亂猜測：瞎矇 / 矇對了。

附註

- 「矇」、「朦」與「曚」字形相近，但前兩字並不簡化。
- 「曚曨」形容日光暗淡不明；「朦朧」形容月光暗淡不明或模糊不清；「矇矓」形容眼睛半張半合，看不清楚的樣子。

M
蒙

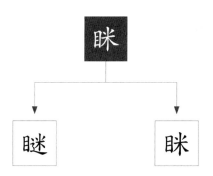

瞇 mī

❶ 眼皮微微合攏：瞇着眼笑。

❷ 小睡：瞇一會兒。

眯 mí

塵土入眼，不能睜開看東西：沙子眯了眼。

用法

讀作第一聲，表示因神態和表情的變化而眼皮微合時，寫作「瞇」；讀作第二聲，表示異物入眼而使眼睛睜不開時，寫作「眯」。

M
眯

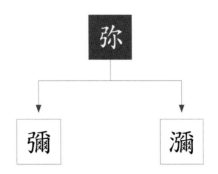

彌 mí

❶ 滿，遍：彌月 / 彌天大罪。

❷ 填補，遮掩：彌補。

❸ 更加：日久彌新 / 欲蓋彌彰。

瀰 mí

水、霧氣、煙塵等遍佈：瀰瀰 / 渺瀰 / 瀰漫。

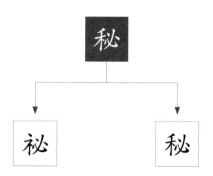

祕[1] mì （也可寫作「秘」）

❶ 不讓人知道的：祕訣 / 祕密 / 神祕 / 隱祕。

❷ 保守祕密：祕不示人 / 祕而不宣。

❸ 罕見，稀有：祕寶 / 祕籍。

祕[2] bì （也可寫作「秘」）

譯音用字，如祕魯（國名，在南美洲）。

秘 mì / bì

「祕」的異體字。

用法

「祕」、「秘」字形相近，香港以「祕」為正體字，內地則以「秘」為正體字。

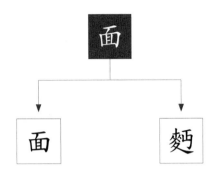

面 _{miàn}

❶ 面孔，臉：面容 / 顏面 / 面帶笑容。
❷ 向着，朝着：面壁 / 背山面水。
❸ 物體的表面：地面 / 水面。
❹ 見：面世 / 見面。
❺ 當面：面交 / 面談 / 面議。
❻ 幾何學上稱線移動所形成的圖形，有長度、寬度，沒有厚度：面積 / 平面。
❼ 部位，方向：反面 / 片面 / 面面俱圓 / 四面八方。
❽ 量詞：一面鏡子 / 一面旗子 / 見過一面。

麵 _{miàn} （也可寫作「麵」）

❶ 小麥或其他穀物磨成的粉及其加工而成的食品：麵包 / 麵粉。
❷ 特指麵條：湯麵 / 一碗麵 / 炸醬麵。
❸ 粉末：藥麵。

附註

「麵」、「麵」字音、字義完全相同，兩字互為異體，香港以「麵」為正體字，台灣則以「麵」為正體字。

M
面

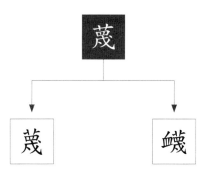

蔑 miè

❶ 輕視，小看：蔑視／輕蔑。

❷ 無，沒有：蔑以復加。

衊 miè

本指血污，引申為捏造事實陷害別人：污衊／誣衊。

用法

現代漢語中一般只有「污衊」、「誣衊」兩詞用「衊」，其他情況用「蔑」。

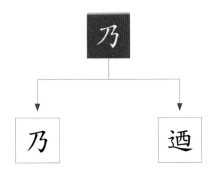

乃 nǎi

❶ 是：失敗乃成功之母。

❷ 於是，就：風浪頗大，乃棄船上岸。

❸ 才：海納百川，有容乃大。

❹ 人稱代詞。你，你的：乃父 / 乃兄。

迺 nǎi

用於姓氏、人名或地名。

用法

「迺」在現代漢語中已較少使用，一般只用於姓氏、人名或地名，如美國前總統「肯尼迪」，香港譯作「甘迺迪」。

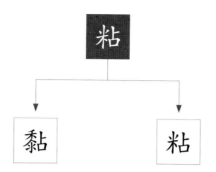

黏 nián

像膠水或漿糊的性質，能使一個物體附着在另一物體上：黏土 /
黏液 / 膠水很黏。

粘 zhān （也可寫作「黏」）

❶ 黏的東西附着在物體上或互相連接：粘貼 / 糖粘在牙齒上了。
❷ 用黏的東西把物體連接：粘郵票。

用法

- 普通話讀作 nián 時，寫作「黏」，一般作形容詞使用；讀作 zhān
  時，寫作「粘」，一般作動詞使用。但因兩字粵語讀音相同，而
  表示附着、接合的意思時，兩字可通用，所以香港一般習慣形
  容詞及動詞都寫作「黏」。
- 「粘米」一詞用「粘」，如：粘米粉。

N
粘

131

念

念　念　唸

念　niàn

❶ 惦記，想着：悼念 / 掛念 / 懷念 / 思念 / 念念不忘。
❷ 思想，想法：念頭 / 雜念 / 一念之差。
❸「廿」的大寫。

唸　niàn

❶ 誦讀：唸詩 / 唸書 / 唸咒 / 唸唸有詞。
❷ 指上學：唸小學 / 他剛唸一年級。

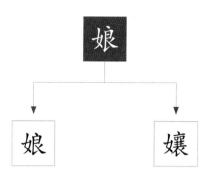

娘 niáng

❶ 母親：娘家 / 爹娘。

❷ 稱長一輩或年長的已婚婦女：大娘。

❸ 對年輕女子的稱呼：姑娘。

孃 niáng

「娘」的異體字。

用法

「娘」的本義是年輕女子，「孃」的本義是母親，後來兩字逐漸混用，現今一般用「娘」。

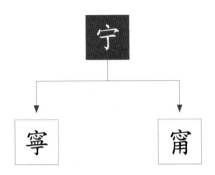

寧[1] ｛níng｝

❶ 安定，平靜：寧靜 / 安寧 / 康寧。

❷ 使安寧：息事寧人。

❸ 省視，探望（父母）：寧親 / 歸寧。

❹ 南京的別稱（Níng）。

寧[2] ｛nìng｝

寧可，情願：寧缺毋濫 / 寧死不屈。

甯 ｛nìng｝

用於姓氏或人名。

用法

- 「寧」、「甯」為兩個不同的姓氏，注意不要混淆。

- 除特定姓氏或人名用「甯」外，其他情況用「寧」。

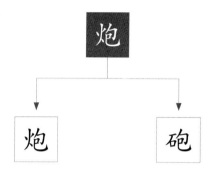

炮¹ pào

❶ 一類重型射擊武器：高射炮／迫擊炮。

❷ 爆竹：鞭炮／花炮。

炮² páo

❶ 燒、烤：炮烙（古代一種酷刑）。

❷ 炮製中藥的一種方法：炮薑。

炮³ bāo

❶ 烹調方法，用猛火快炒：炮羊肉。

❷ 把物品放在器物上烘烤或焙：炮乾。

砲 pào

古代以機關拋石的武器。

用法

- 原始的「砲」是一種以機關拋石的冷兵器，但現今的武器多是利用火藥發射的熱兵器，所以指發射彈藥的武器時，火部的「炮」逐漸取代石部的「砲」。

- 在中國象棋中，「炮」是紅方棋子，「砲」是黑方棋子。

P
炮

135

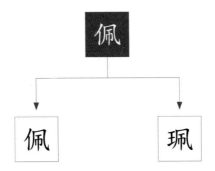

佩 pèi

❶ 佩帶，掛：佩戴 / 佩劍。

❷ 敬仰心服：佩服 / 敬佩 / 欣佩。

珮 pèi

玉製飾物：玉珮。

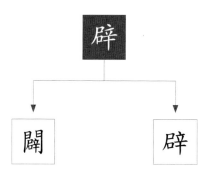

闢 pì

❶ 從無到有地開發建設：開闢 / 獨闢蹊徑 / 開天闢地。

❷ 透徹：精闢 / 透闢。

❸ 駁斥，排除：闢謠 / 闢邪說。

辟¹ bì

❶ 君主：復辟。

❷ 排除：辟穀（不吃五穀，道家一種養生法）/ 辟邪。

辟² pì

法，法律：大辟（古代指死刑）。

用法

「闢」、「辟」兩字均有排除的意思，與言論有關的用「闢」，與道術、法術有關的用「辟」。

附註

「辟」在古籍中常作通假字，除通「闢」外，還通「僻」、「避」、「譬」等字。

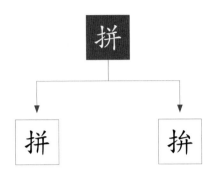

拼 pīn

❶ 連合，湊合：拼圖 / 拼音 / 東拼西湊 / 把兩塊板子拼起來。
❷ 不顧一切地做：拼搏 / 打拼 / 拼到底。

拚 pàn

捨棄不顧：拚命 / 拚死。

用法

「拼」、「拚」字音不同，但均有不顧一切豁出去的意思，現今以
「拼」較通用，如：拼命、拼死。

附註

「拼」、「拚」為兩個不同的字，但習慣上被視為簡繁關係。

P
拼

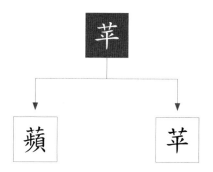

苹 píng

【蘋果】落葉喬木，葉橢圓形，開白花。果實球形，味甜或略酸，
是常見水果。

苹 píng

植物名，蒿的一種：呦呦鹿鳴，食野之苹。

附註

「蘋」讀 pín 時指蕨類植物「田字草」，簡化為「蘋」，而非「苹」。

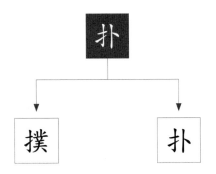

撲 pū

❶ 用力向前衝，或迎面襲來：撲倒 / 飛蛾撲火 / 香氣撲鼻。

❷ 把全部心力用到（工作、事業等上面）：一心撲在教育事業上。

❸ 輕打，拍：撲粉 / 撲着翅膀 / 撲打衣服上的灰塵。

扑 pū

❶ 擊打：鞭扑。

❷ 戒尺或刑杖：扑作教刑。

用法

> 表示以器物用力擊打時，用「扑」。粵語口語中有「扑錘」（或寫作「扑鎚」）一詞，表示一錘定音，作出最後決定的意思。傳媒也會用「扑頭黨」形容以兇器襲擊受害人頭部的搶劫犯。

P
扑

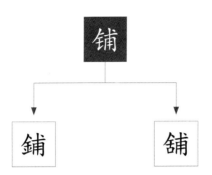

鋪 pū

展開，攤平：鋪軌 / 鋪平道路 / 平鋪直敍。

鋪 pù （也可寫作「舖」）

❶ 商店：店鋪 / 雜貨鋪。
❷ 用板子搭的牀：牀鋪 / 臥鋪。
❸ 驛站（今多用於地名）：十里鋪（今浙江）/ 五里鋪（今湖北）。

用法

> 讀作第一聲，用作動詞時，只可寫作「鋪」；讀作第四聲，用作名詞時，「鋪」、「舖」可通用。

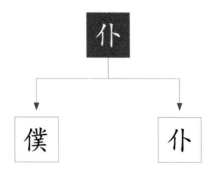

僕 pú

❶ 供人使喚的人：僕人／奴僕。
❷ 古時男子謙稱自己。
❸【僕僕】勞累困頓的樣子：風塵僕僕。

仆 pū

向前跌倒：前仆後繼（形容不怕犧牲，奮勇向前）。

用法

「仆」的本義是用頭叩地，引申為向前倒下。在古籍中常見「跌仆」、「仆地」等詞，現代漢語中只有成語「前仆後繼」較常見。

附註

在古籍中常見以「僕」作為男性第一人稱謙辭，在現今日文漢字中得以保留。

P
仆

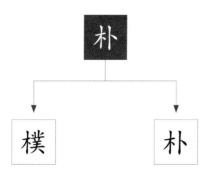

樸 pǔ

不加修飾的，實實在在的：樸實 / 樸素 / 純樸 / 儉樸 / 質樸。

朴¹ pō

【朴刀】古代武器，一種窄長而有短把的刀。

朴² pò

朴樹，落葉喬木，花淡黃色，果實黑色，木材可供製作家具。

朴³ Piáo

姓氏。

用法

「朴」的本義是樹皮，「樸」的本義是未經加工的木材。在古籍中表示質樸時，「朴」通「樸」，現今這個意義只用「樸」。

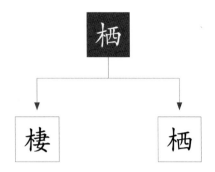

棲 qī

本指鳥停留在樹上，泛指居住、停留：棲身之處／水陸兩棲。

栖 xī

【栖栖】心不安定的樣子：栖栖世中事（陶淵明《和劉柴桑》）。

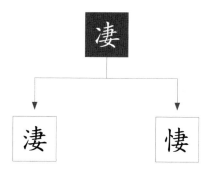

淒 qī

❶ 寒冷：淒風苦雨。

❷ 冷落蕭條：淒涼 / 淒清。

悽 qī

悲傷：悽慘 / 悽惻 / 悽惶 / 悽切 / 悽然。

用法

> 形容環境寒冷蕭條時，用「淒」；形容心情悲傷時，用「悽」。

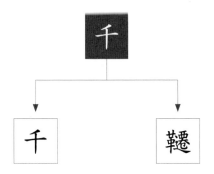

千 qiān

❶ 數目，十的百倍。

❷ 表示極多，常跟「百」或「萬」連用：千方百計／千呼萬喚／千頭萬緒／千言萬語。

韆 qiān

【鞦韆】遊戲用具。在木架或鐵架上繫兩根長繩，下面拴上一塊板子。

用法

> 只有「鞦韆」一詞用「韆」，其他情況用「千」。

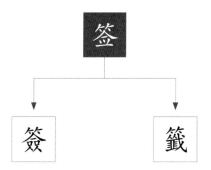

簽 qiān

❶ 在文件或單據上寫上姓名或畫上符號：簽名 / 簽署 / 簽押。

❷ 以簡單的文字提出意見：簽呈 / 簽條（批註意見的紙條）。

籤 qiān

❶ 上面刻着或寫着文字符號，用於占卜或賭博等的小竹片或小細棍：抽籤 / 求籤。

❷ 作為標誌用的紙片：書籤 / 標籤。

❸ 用竹或木等物做成的有尖端的細棍：牙籤 / 竹籤。

用法

> 用作動詞，表示簽字署名時，寫作「簽」；用作名詞，指細長的竹片、紙片或細棍時，寫作「籤」。

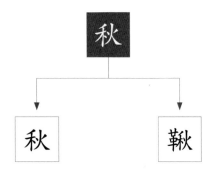

秋 qiū

❶ 四季中的第三季：深秋／秋高氣爽。

❷ 指農作物成熟的時節，也指秋天成熟的農作物：麥秋／收秋。

❸ 指一年的時間：千秋萬世／一日不見，如隔三秋。

❹ 指某段時期（多指不好的）：多事之秋／危急存亡之秋。

鞦 qiū

【鞦韆】遊戲用具。在木架或鐵架上繫兩根長繩，下面拴上一塊板子。

用法

> 只有「鞦韆」一詞用「鞦」，其他情況用「秋」。

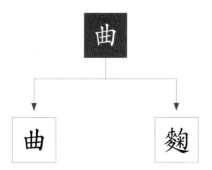

曲¹ qū

❶ 彎，跟「直」相對：曲線 / 蜷曲 / 彎曲。

❷ 使彎曲：曲膝 / 曲肱而枕（比喻安貧知足）。

❸ 彎曲的地方：河曲 / 山曲。

❹ 不公正，不合理：曲解 / 歪曲 / 是非曲直。

曲² qǔ

❶ 古代一種韻文形式，句法較詞更為靈活：散曲 / 套曲 / 元曲。

❷ 歌：歌曲 / 高歌一曲。

❸ 歌譜，樂調：譜曲 / 作曲。

麴 qū （也可寫作「麯」）

釀酒或製醬時用的發酵物：酒麴。

用法

「曲」、「麴」為兩個不同的姓氏，注意不要混淆。

附註

「麴」作為姓氏時，簡化為「麯」，而非「曲」。

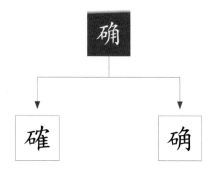

確 **què**

❶ 真實，符合事實的：確切 / 正確 / 千真萬確。

❷ 的確：確有此事。

❸ 堅定，肯定：確保 / 確定 / 確立 / 確信。

确 **què**

貧瘠而多石的土地：确瘠 / 磽确。

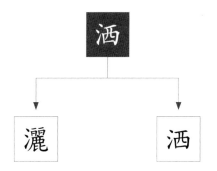

灑 să

❶ 使液體分散落下：灑水。

❷ 東西散落：瓜子灑了一地／把灑在桌上的白米撿起來。

❸ 不受拘束：灑脫／瀟灑。

洒 să

【洒家】宋元時關西男性的自稱。

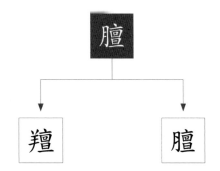

膻 shān

像羊肉的氣味：羴氣／羴味／腥羴。

膻 dàn

【膻中】中醫指人體胸腹間的部位。

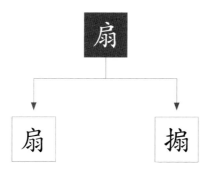

扇 shàn

❶ 搖動生風取涼的用具：蒲扇 / 摺扇 / 電風扇。

❷ 起遮擋作用的板狀或片狀物：隔扇 / 門扇。

❸ 量詞。用於門窗等：一扇門 / 兩扇窗子。

搧 shān

❶ 搖動扇子或其他東西使生風：搧扇子。

❷ 用手掌打：搧了他一耳光。

用法

> 讀作第四聲，用作名詞或量詞時，寫作「扇」；讀作第一聲，用作動詞時，寫作「搧」。

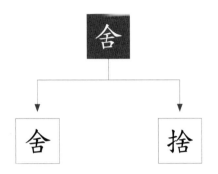

舍 shè

❶ 房屋：旅舍／宿舍／校舍。

❷ 謙稱自己的家：敝舍／寒舍。

❸ 謙辭。對別人稱比自己年紀小或輩分低的親屬：舍弟／舍姪。

❹ 養家畜的地方：牛舍／豬舍。

❺ 古代三十里叫一舍：退避三舍（比喻對人讓步）。

捨 shě

❶ 放棄，不要了：割捨／捨近求遠／捨身為國／四捨五入。

❷ 給予：捨藥／施捨。

用法

> 讀作第四聲，用作名詞或形容詞時，寫作「舍」；讀作第三聲，用作動詞時，寫作「捨」。

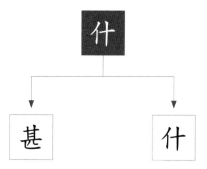

甚 shén （也可寫作「什」）

【甚麼】

❶ 表示疑問或驚訝：那是甚麼？／你在做甚麼？

❷ 表示不確定的人或物：沒甚麼好說的。

❸ 表示任何人或事：他甚麼運動都不會。

什 shí

各種的，雜樣的：什錦／什物／家什（家用雜物）。

用法

「甚麼」與「什麼」兩種寫法皆有，香港一般以「甚麼」為正寫，「什麼」為俗寫。除此詞外，「甚」、「什」兩字並不通用。

附註

「甚」讀 shèn 時不簡化，如：甚少、甚至。

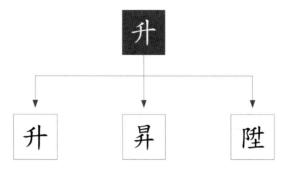

升 shēng

❶ 由下而上：升旗／上升／旭日初升。

❷ 提高：升官／升級。

❸ 容量單位，一升等於一千毫升。也叫公升。

❹ 舊時量糧食的器具，容量為斗的十分之一。

昇 shēng

❶ 同「升①②」：昇華／歌舞昇平。

❷ 用於人名：畢昇（活字印刷術的發明者）。

陞 shēng

❶ 同「升②」：步步高陞。

❷ 用於人名。

用法

「昇」是「升」的後起字，現今表示上升、登上時，一般用「升」。

「陞」則只表示與升官晉級有關。

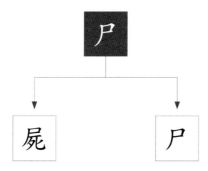

屍 shī

人或動物死後的身體：屍首／屍體。

尸 shī

❶ 古代祭祀時代表死者受祭的活人。

❷ 空佔着職位而不做事：尸位素餐。

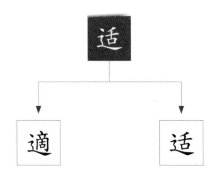

適 shì

❶ 切合，相合：適合 / 適宜 / 適用。

❷ 剛巧，恰好：適逢其會 / 適可而止。

❸ 舒服：舒適 / 稍覺不適。

❹ 往，到：無所適從。

❺ 舊稱女子出嫁：適人。

适 kuò

用於人名：南宮适 (孔子弟子)。

用法

「适」的本義是迅速，現代漢語中已較少使用，一般只用於人名。

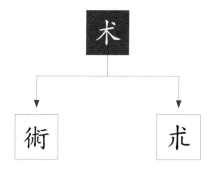

術 shù

❶ 技藝，學問：技術 / 武術 / 醫術 / 不學無術。

❷ 方法，策略：權術 / 戰術。

术 zhú

植物名。開紅花的叫白术，開白色或淡紅色花的叫蒼术。

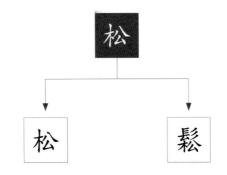

松 sōng

松樹，常綠喬木，葉子針形，木材用途很廣：松果／松柏後凋。

鬆 sōng

❶ 稀散，不緊密：鬆脆／鬆動／鬆軟。

❷ 不緊張：鬆弛／輕鬆。

❸ 經濟寬裕：待我手頭鬆一些，再給你匯點錢過去。

❹ 解開，放開：鬆綁／鬆開手。

❺ 用魚、蝦、瘦肉等做成的茸狀或碎末形的食品：肉鬆／魚鬆。

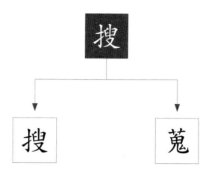

搜 sōu

❶ 尋求，尋找：搜集／搜索／搜羅人才。

❷ 檢查：搜查／搜身。

蒐 sōu

❶ 草名，即茜草。

❷ 古代稱春天打獵。

❸ 同「搜①」。

用法

「搜」、「蒐」只有在表示尋找的意思時可通用，如「搜集」、「搜羅」亦可寫作「蒐集」、「蒐羅」。「搜」字還有檢查的意思，「蒐」字則沒有，故「搜查」、「搜身」不可寫作「蒐查」、「蒐身」。

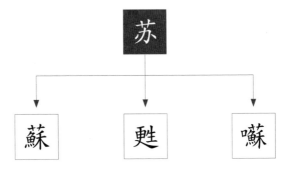

蘇 sū

❶ 植物名：白蘇／紫蘇。

❷ 鬚狀下垂物：流蘇。

❸ 指江蘇省或蘇州市：蘇杭。

❹ 姓氏（Sū）。

甦 sū （也可寫作「蘇」）

從昏迷中醒過來：甦醒／復甦。

囌 sū

【嚕囌】囉唆。

用法

- 「甦」是「蘇」的後起字，表示從昏迷中醒過來時，古籍中多作「蘇」，現今則一般用「甦」。

- 只有「嚕囌」一詞用「囌」，指言語絮叨。

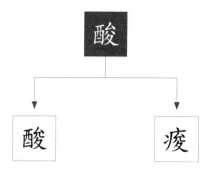

酸 suān

❶ 化學上稱能在水溶液中產生氫離子的物質：硝酸 / 鹽酸。

❷ 像醋的氣味或味道：酸菜 / 酸梅 / 酸辣湯。

❸ 悲痛，傷心：心酸 / 辛酸。

❹ 譏諷人小氣、迂腐：寒酸 / 窮酸。

痠 suān

微痛無力：腰痠背痛 / 腿有點發痠。

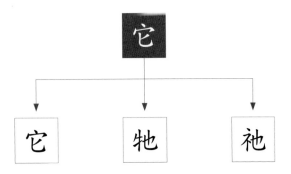

它 ⓽

第三人稱代詞。用來稱人和動物以外的事物：鎖壞了，丟了它吧。

牠 ⓽

第三人稱代詞。用來稱人以外的動物：小狗在睡覺，不要打擾牠。

祂 ⓽

第三人稱代詞。用來稱神靈。

用法

「祂」多見於西方宗教的詩歌或文章中。

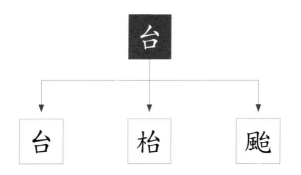

台¹ tái （❶－❹，❼❽ 也可寫作「臺」）

❶ 高而平的建築物：樓台／炮台／瞭望台。

❷ 略高於地面供講話、表演等用的設備：講台／舞台／戲台。

❸ 器物的底座：燈台／燭台。

❹ 機構名稱：電視台／天文台／御史台。

❺ 敬辭。用於稱呼對方或與對方有關的行為：台安／台鑒／兄台。

❻【三台】星名。古代用來比喻三公。

❼ 量詞。用於機器、儀器或整場演出的戲劇：一台戲／一台電腦。

❽ 台灣的簡稱（Tái）。

台² tāi

用於地名：台州／天台（都在浙江）。

枱 tái （也可寫作「檯」）

桌子，案子：枱布／櫃枱／梳妝枱／寫字枱。

颱 tái

【颱風】發生在太平洋西部海洋上的一種熱帶氣旋，風力常達十級以上，同時有暴雨。

附註

- 「台」、「臺」本非一字，意義和用法均不相同。「台」的本義是喜悅（後作「怡」），引申為星名及敬辭；「臺」的本義是高的建築物，後俗作「台」。現今香港以「台」為正體字；台灣則以「臺」為正體字，保留「臺」、「台」各自的用法。
- 「台（Yí）」、「臺（Tái）」為兩個不同的姓氏，注意不要混淆。

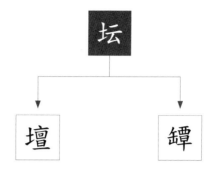

壇 tán

❶ 古代舉行祭祀、誓師等大典的高台：天壇 / 登壇拜將。

❷ 講學或發表言論的場所：講壇 / 論壇。

❸ 用土堆成的平台，多在上面種花：花壇。

❹ 指文藝界、體育界等的活動領域：體壇 / 文壇 / 影壇。

罈 tán （也可寫作「罎」）

一種口小肚大的容器：酒罈。

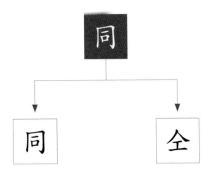

同¹ tóng

❶ 一樣，沒有差異：同等 / 同感 / 同歲 / 大同小異 / 情況不同。

❷ 跟……相同：同前 / 同上。

❸ 共，在一起：同伴 / 同事 / 同學 / 同甘共苦 / 共同努力。

❹ 介詞。跟：我同他商討一下 / 現在同以前不一樣了。

❺ 連詞。和：我同你一起去。

同² tòng

【胡同】小巷，小街道。

仝 tóng

❶ 用於姓氏或人名。

❷「同¹」的異體字。

用法

「仝」常見於通告、啟事或賀詞的落款，如：仝人、仝仁，指同事或同僚。

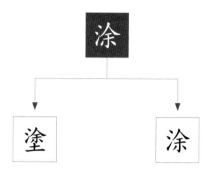

塗 tú

❶ 使顏色、油漆等附着在上面：塗飾 / 塗脂抹粉 / 塗上一層油漆。

❷ 亂寫亂畫：塗鴉。

❸ 抹去：塗改 / 把錯字塗掉。

❹ 泥濘：塗炭（比喻處境困苦）。

涂 Tú

姓氏。

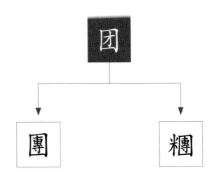

團 tuán

❶ 圓形，也指圓形的東西：團扇 / 麵團 / 紙團。

❷ 會合在一起，也指會合在一起的東西：團聚 / 團圓 / 雲團。

❸ 工作或活動的集體組織：合唱團 / 交流團。

❹ 軍隊的編制單位，是營的上一級：團長。

❺ 堆（專指抽象的事物）：一團糟 / 一團和氣。

❻ 量詞。用於成團的東西：一團線 / 一團烏雲。

糰 tuán

用米等做成的球形食物：飯糰 / 湯糰 / 糯米糰子。

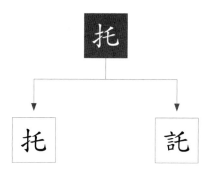

托 tuō

❶ 用手掌承着東西：托腮 / 托着槍 / 和盤托出。

❷ 承托器物的東西：茶托 / 花托。

❸ 陪襯：襯托 / 烘雲托月。

託 tuō

❶ 請別人代辦：託付 / 拜託 / 委託 / 託你買本書。

❷ 寄，暫放：託售。

❸ 藉故推諉或躲閃：託故 / 推託。

❹ 依賴：託庇 / 託福 / 依託。

用法

根據字義，「託兒所」一詞應寫作言部的「託」，但有不少人誤寫作「托兒所」。

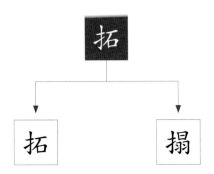

拓 (tuò)

開闢，擴充：拓荒／開拓／拓寬公路。

搨 (tà) （也可寫作「拓」）

在刻鑄文字、圖像的器物上，蒙一層紙，捶打後使凹凸分明，塗上墨，顯出文字、圖像來：搨本／搨印。

用法

表示以紙墨摹印時，「搨」、「拓」可通用，其他情況用「拓」。

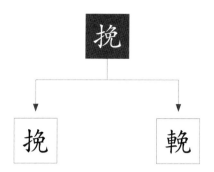

挽 wǎn

❶ 拉，牽引：挽弓／手挽手。

❷ 設法使局勢好轉或恢復原狀：挽回／挽救／力挽狂瀾。

❸ 向上捲（衣服）：挽起袖子。

輓 wǎn

❶ 牽引（車輛）：輓車。

❷ 追悼死者：輓詞／輓歌／輓聯。

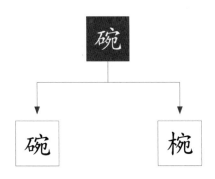

碗 wǎn

❶ 盛飲食的器皿：茶碗／飯碗。

❷ 像碗的東西：軸碗。

椀 wǎn

【橡椀】橡樹果實的外殼。

附註

指碗、像碗的東西時，「碗」與「椀」為正異體關係，但習慣上被視為簡繁關係。

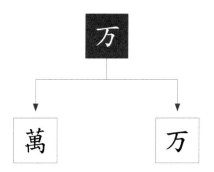

萬 wàn

❶ 數目，千的十倍。

❷ 比喻很多：萬事／萬物／排除萬難。

❸ 副詞。極，很，絕對：萬不得已／萬萬不可／萬無一失。

万 Mò

【万俟】（Mòqí）複姓。

用法

「萬」、「万」本非一字，在古籍中常借「万」為「萬」。現今只有複姓「万俟」用「万」，其他情況用「萬」。

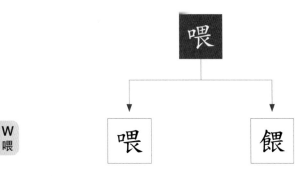

喂 wèi

歎詞。打招呼時用：喂，是誰？／喂，快來呀。

餵 wèi

❶ 飼養：餵狗／餵牲畜。

❷ 把食物送進人嘴裏：餵小孩。

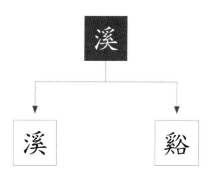

溪 ㄒㄧ

本指山裏的小河溝，泛指小河：溪澗 / 溪流 / 清溪。

谿 ㄒㄧ

❶【勃谿】家庭中衝突吵架：婦姑勃谿。

❷ 用於人名。

附註

指小河時，「溪」與「谿」為正異體關係，但習慣上被視為簡繁關係。

席

```
        席
       ↙   ↘
    席        蓆
```

席 xí

❶ 座位：出席／缺席／入席／議席。

❷ 成桌的飯菜：酒席／宴席／擺了十席。

❸ 量詞：一席話／一席酒。

蓆 xí （也可寫作「席」）

用竹篾、草等編成的片狀物，用來鋪墊：草蓆／涼蓆／竹蓆。

用法

「蓆」是「席」的後起字，加上「艹」形來表義，兩字均可指用竹篾、草等編成的坐臥鋪墊用具。現今「割席」、「席不暇暖」、「坐不安席」等帶有書面語色彩的詞語習慣保留「席」的寫法；一般只有指實體的蓆子時才寫作「蓆」。

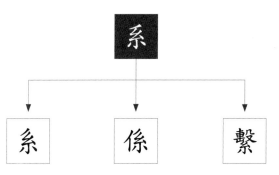

系 xì

❶ 同類事物按一定關係組成的整體：系統 / 派系 / 世系。

❷ 高等教育中按學科所分的教學單位：數學系 / 哲學系 / 中文系。

係 xì

❶ 關聯：干係 / 關係。

❷ 相當於「是」：確係實情。

繫¹ xì

❶ 聯綴，連結：聯繫 / 維繫 / 成敗繫於此。

❷ 牽掛：繫戀 / 繫念親人。

❸ 拴，綁：繫馬 / 解鈴還須繫鈴人。

❹ 關押，拘禁：繫獄 / 拘繫。

繫² jì

打結，扣：繫鞋帶 / 繫上安全帶。

用法

「系」用作名詞，表示具有聯屬關係的整體；「係」用作動詞，表示關聯、「是」；「繫」用作動詞，表示連綴、牽掛、綁、扣等義。

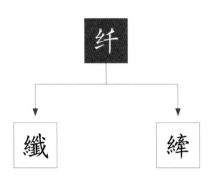

纖 xiān

細小：纖巧／纖細／纖塵不染。

縴 qiàn

拉船的繩：縴繩／拉縴。

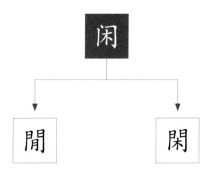

閒 xián

❶ 沒有事情做，跟「忙」相對：閒暇／空閒／清閒。

❷ 放着，不使用：閒房／閒置。

❸ 與正事無關的：閒談／閒人免進。

閑 xián

「閒」的異體字。

用法

「閒」、「閑」字形相近，香港以「閒」為正體字，內地則以「閑」為正體字。

弦

弦 xián

❶ 弓上發箭的繩：弓弦。

❷ 樂器上發聲的線：弦琴／弦樂。

❸ 半圓的月亮：上弦／下弦。

❹ 數學上指連接圓周上任意兩點的線段。

❺ 中國古代稱不等腰直角三角形中對着直角的邊。

絃 xián

❶ 同「弦❷」。

❷ 比喻為妻子：斷絃／續絃。

用法

- 「弦」的本義是弓弦，引申為琴弦，後造「絃」字專指琴弦，但現今這意義一般也習慣用「弦」，如：管弦樂團。

- 古時以琴瑟比喻夫婦，故妻子亡故稱「斷絃」，丈夫再娶稱「續絃」，這意義習慣用「絃」。

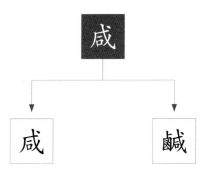

咸 xián

❶ 副詞。全，都：老少咸宜 / 少長咸集。

❷ 姓氏（Xián）。

鹹 xián

❶ 像鹽的味道，跟「淡」相對：菜太鹹了。

❷ 含鹽分或鹽味的：鹹水 / 鹹魚。

用法

- 清朝文宗的年號「咸豐」，地名「咸陽」，《易經》中的「咸」卦，只可寫作「咸」。
- 只有表示鹽的味道或用鹽醃製的食物時用「鹹」。

銜 xián

❶ 奉，接受：銜命。

❷ 互相連接：銜接。

❸ 官階，職稱：官銜 / 頭銜 / 職銜。

啣 xián （也可寫作「銜」）

❶ 用嘴含，用嘴叼：燕子啣泥 / 他啣着一個煙斗。

❷ 含，懷在心裏：啣恨 / 啣冤。

用法

表示用嘴含或心裏懷着時，「啣」、「銜」可通用，其他情況用「銜」。

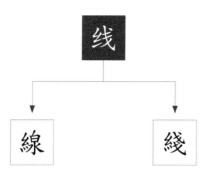

線 xiàn

❶ 用絲、棉或麻等製成的細長的東西：毛線 / 棉線。

❷ 細長像線的：線香 / 電線 / 光線。

❸ 幾何學上指只有長度而無寬度和厚度的：曲線 / 直線。

❹ 交通路線：幹線 / 航線 / 運輸線。

❺ 邊緣交界的地方：防線 / 前線 / 海岸線。

❻ 指接近或達到某種境界或條件的邊際：貧窮線 / 生命線。

❼ 比喻事物發展的脈絡或探求問題的門路：線索 / 眼線。

❽ 量詞。用於抽象事物，表示極少：一線生機 / 一線希望。

綫 xiàn

「線」的異體字。

用法

- 「線」、「綫」字音、字義完全相同，兩字互為異體，香港以「線」為正體字，「綫」為異體字。

- 港鐵的標示牌習慣用「綫」，如：荃灣綫、機場快綫。

```
               向

        │               │
        ▼               ▼
       向              嚮
```

向 xiàng

❶ 方位，目標：方向／風向／志向。

❷ 朝着，對着：向前／面向／這間房子向東。

❸ 將近，接近：向晚／向曉。

❹ 偏袒，袒護：偏向／別向着他。

❺ 從前，舊時：向日／向者。

❻ 介詞。表示動作的方向、目標或對象：向東走／向他學習。

❼ 副詞。從開始到現在，一直以來：向來／向無此人／向有研究。

嚮 xiàng

❶ 傾向：嚮往。

❷ 引導：嚮導。

用法

在古籍中表示朝着、將近、從前等義時，「向」、「嚮」可通用；現今只有表示傾向或引導時用「嚮」，其他情況用「向」。

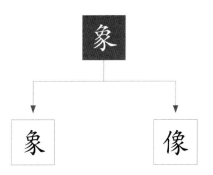

象 xiàng

❶ 陸地上現存最大的哺乳動物,耳朵大,鼻子長:盲人摸象。

❷ 形狀,樣子:跡象 / 景象 / 天象 / 形象 / 印象 / 萬象更新。

❸ 仿效,模擬:象聲 / 象形 / 象意。

像 xiàng

❶ 對照人、物做成的形象:雕像 / 畫像 / 肖像 / 塑像。

❷ 在形象上相同或有些共同點:他長得像他哥哥。

❸ 表示猜測、估計:像要下雨了。

❹ 比如,比方:像老鼠般膽小。

用法

- 用作名詞,表示事物的形狀、狀態時,寫作「象」,如:氣象、
  險象環生;表示以模擬的方式製成的形象時,寫作「像」,如:
  佛像、人像攝影。

- 用作動詞,表示模擬時,寫作「象」,如:象形文字;表示相似
  時,寫作「像」,如:好像。

附註

「象」、「像」為兩個不同的字,但習慣上被視為簡繁關係。

187

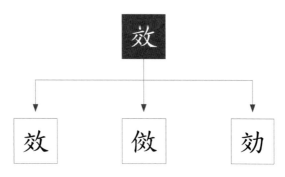

效 _{xiào}

❶ 功用，成果：效果 / 見效 / 無效。

❷ 摹仿：效法 / 仿效 / 東施效顰 / 上行下效。

❸ 獻出（力量或生命）：效勞 / 效力 / 效命 / 效忠。

傚 _{xiào}

「效❷」的異體字。

効 _{xiào}

「效❸」的異體字。

用法

現今一般可用「效」，若要表示摹仿的意思時，也可用「傚」，如：傚尤、仿傚；表示奉獻的意思時，也可用「効」，如：効力。

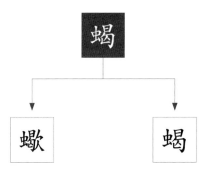

蠍 xiē

蠍子，節肢動物，口部兩側有一對長螯，胸部有腳四對，尾部有毒鈎，用來防敵和捕蟲：蛇蠍心腸。

蝎 hé

樹木中的蛀蟲：故蝎盛則木朽（嵇康《答難養生論》）。

用法

「蠍」、「蝎」指不同的生物，有毒的節肢動物叫「蠍子」，而蝕木的蛀蟲叫「蝎」。

幸

```
     幸
   ↙   ↘
  幸      倖
```

幸 xìng

❶ 幸福，運氣好：幸運 / 榮幸 / 三生有幸。

❷ 認為幸福而高興：慶幸 / 欣幸。

❸ 希望：幸勿推卻。

❹ 古代指帝王到達某地：駕幸 / 巡幸。

倖 xìng （也可寫作「幸」）

❶ 意外地得到成功或免去災害：倖存 / 僥倖 / 倖免於難。

❷ 帝王寵愛：倖臣 / 倖佞 / 寵倖。

用法

> 表示意外地免去災禍、寵愛的意思時，「倖」、「幸」可通用，其他情況用「幸」。

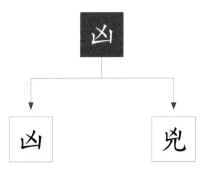

凶 xiōng

❶ 不祥的，不幸的，跟「吉」相對：凶事（喪事）/ 凶兆 / 吉凶。

❷ 莊稼收成不好：凶年 / 凶歲。

兇 xiōng

❶ 惡，殘暴：兇殘 / 兇惡 / 兇狠 / 窮兇極惡。

❷ 厲害：雨下得很兇 / 你罵得太兇了。

❸ 指殺害或傷害人的行為：兇手 / 行兇。

❹ 指行兇作惡的人：幫兇 / 元兇。

用法

- 「兇」是「凶」的後起字，在古籍中表示兇惡的意思時，上古多用「凶」，漢代以後也有用「兇」的；現今這個意義用「兇」。

- 「兇神惡煞」原指兇惡的神，後比喻兇惡的人，根據字義應寫作儿部的「兇」。

修　_{xiū}

修 xiū

❶ 修飾：修辭／裝修。

❷ 修理，整治：修車／維修／修橋補路。

❸ 建造：修建／興修水利。

❹ 著述，撰寫：修史／修書／編修。

❺ 學習和鍛煉：修養／進修／自修。

❻ 修行：修道／修煉。

❼ 剪或削，使整齊：修樹枝／修指甲。

❽ 長，高：修長／茂林修竹。

脩 xiū

乾肉：束脩（一束乾肉，古代學生送給老師的禮物）。

用法

「修」、「脩」字音相同，在古籍中常通用。「脩」在現代漢語中已較少使用，但指乾肉時，古今均不可寫作「修」。

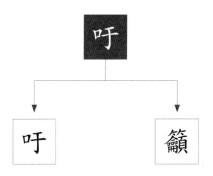

吁 xū

❶ 歎息：長吁短歎。

❷ 象聲詞。模擬出氣的聲音：氣喘吁吁。

籲 yù

為某種要求而呼喊：籲請／呼籲。

须

```
须
├──→ 須
└──→ 鬚
```

須 (xū)

❶ 必須，應當：須知 / 必須 / 務須 / 無須。
❷ 片刻，短暫的時間：須臾。

鬚 (xū)

❶ 鬍子：鬚髮 / 鬚眉（借指男子）/ 鬍鬚。
❷ 像鬍鬚的東西：鬚根 / 觸鬚。

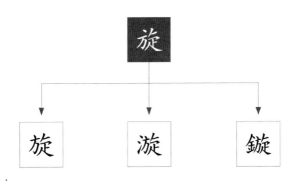

旋¹ xuán

❶ 轉動：旋轉 / 迴旋 / 螺旋。

❷ 回，歸：凱旋。

❸ 圈：旋渦 / 打旋。

❹ 不久：旋即離去。

旋² xuàn

打轉的：旋風。

漩 xuán

打轉的水流：漩渦。

鏇 xuàn

❶ 轉着圈地削：鏇蘋果 / 鏇零件。

❷ 一種用來温酒的金屬器具：鏇子 / 酒鏇。

用法

「旋渦」與「漩渦」兩種寫法皆有，「旋渦」泛指氣體、液體形成的螺旋形；「漩渦」特指水流迴旋處。

附註

「漩」不簡化，但有不少人誤以為「旋」是其簡化字。

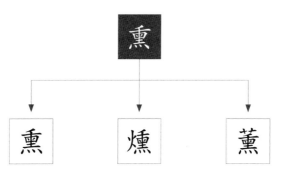

熏 xūn

❶ 煙、氣等使物品變色或沾上氣味：臭氣熏天 / 煙把牆熏黑了。

❷ 和暖：熏風。

燻 xūn

燻製（食品）：燻雞 / 燻肉 / 燻魚。

薰 xūn

❶ 薰草，古籍中說的一種香草：薰蕕不同器（比喻君子和小人不可同處）。

❷ 泛指花草的香氣：香薰。

❸ 用香料熏，使染上香氣。

用法

用作動詞時，「熏」、「薰」均有使染上氣味的意思，引申為長期接觸而受影響，如「熏（薰）染」、「熏（薰）陶」，而「薰」特指染上香氣，多用作正面影響。

附註

「薰」不簡化，但有不少人誤以為「熏」是其簡化字。

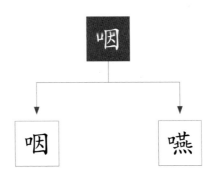

Y
咽

咽¹ yān

咽頭，口腔深處通食道和喉頭的部分，通常混稱咽喉。

咽² yè

聲音受阻而低沉：哽咽／嗚咽。

嚥 yàn

吞下去：嚥氣（指人死氣絕）／狼吞虎嚥／細嚼慢嚥／把話嚥下
肚裏。

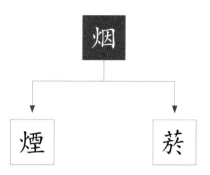

煙 yān

❶ 物質燃燒時所產生的氣體：冒煙／濃煙。

❷ 像煙的：煙霞／煙霧瀰漫／過眼雲煙。

❸ 煙草及其製成品：香煙／請勿吸煙。

❹ 鴉片：煙槍／大煙。

❺ 煙氣上升而聚成的黑色物質，可製墨：松煙。

菸 yān

「煙③」的異體字。

用法

指煙草製品時，香港以「煙」為正體字，台灣則以「菸」為正體字。

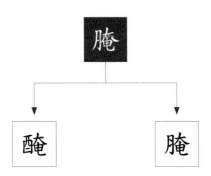

醃 yān

用鹽、糖等浸漬食品，放置一段時間使入味：醃肉／醃鹹菜。

腌 ā

【腌臢】不乾淨：房間腌臢。

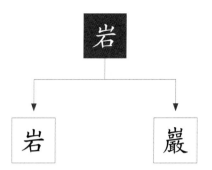

岩 yán

岩石，構成地殼的石質：花崗岩／火成岩。

巖 yán

❶ 高峻的山崖：千巖萬谷。

❷ 山中的洞穴：巖穴。

```
        扬
     ┌───┴───┐
     ↓       ↓
    揚       颺
```

揚 yáng

❶ 高舉，抬起：揚帆／揚手／揚眉吐氣。

❷ 在空中飄動：飛揚／飄揚。

❸ 向上撒，以去除穀物外皮：揚場／簸揚。

❹ 傳播：揚言／宣揚／揚名國際。

❺ 稱頌：表揚／頌揚／讚揚。

❻ 指容貌好看：其貌不揚。

颺 yáng

用於人名。

用法

「颺」的本義是隨風飄動，現代漢語中這個意義已被「揚」取代，「颺」現今只用於人名。

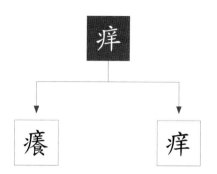

癢 yǎng

❶ 皮膚受刺激想要抓撓的一種感覺：痛癢 / 發癢 / 搔癢。

❷ 想做某事的願望強烈，難以抑制：技癢 / 手癢。

痒 yáng

憂慮成疾：哀我小心，瘋憂以痒。

用法

「痒」在古籍中指病，在現代漢語中已較少使用。

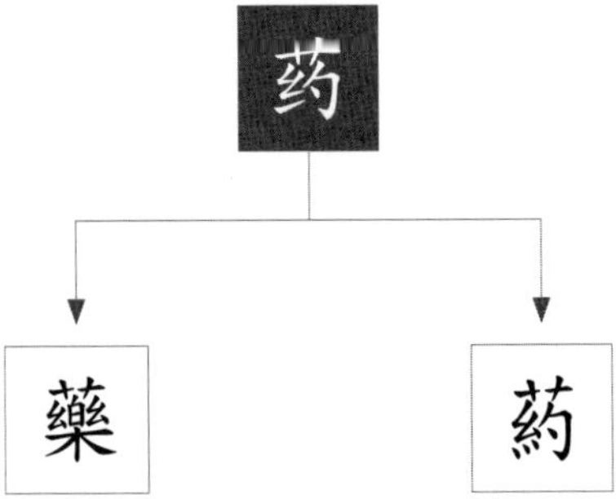

药

藥　药

藥　yào

❶ 可以治病的東西：藥物／中藥／對症下藥。

❷ 有一定作用的化學物品：火藥／農藥／殺蟲藥。

❸ 用藥物醫治：不可救藥。

葯　yào

即白芷，可入藥。

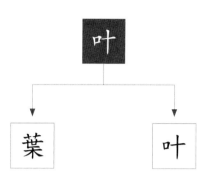

葉 yè

❶ 葉子，植物的營養器官之一：落葉／樹葉。
❷ 像葉子的東西：肺葉／百葉窗。
❸ 較長的一段時期：二十世紀中葉。
❹ 姓氏（Yè）。

叶 xié

和洽，相合：叶韻。

用法

「叶」在古籍中義同「協」，表示音韻和諧，其他情況用「葉」。

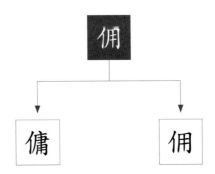

傭 yōng

❶ 僱用：傭工／僱傭。

❷ 受僱的人，僕人：男傭／女傭。

佣 yòng

佣金，買賣東西時給中間人的錢。

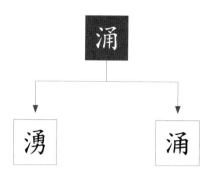

湧 yǒng

❶ 水或雲氣冒出：風起雲湧／淚如泉湧。

❷ 像水或雲氣一樣冒出：同學從禮堂裏湧出來。

涌 chōng

河汊（多用於地名）：河涌（在廣東）／黃泥涌（在香港）。

用法

> 與地形有關的地名一般用「涌」，香港有不少含「涌」字的地名，
> 如：東涌、馬頭涌、鰂魚涌。

Y
涌

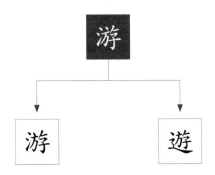

游 yóu

1 人或動物在水裏行動：游泳 / 魚在水裏游。

2 河流的一段：上游 / 下游 / 中游。

3 飄盪不定：游擊戰 / 游離分子 / 氣若游絲。

4 姓氏（Yóu）。

遊 yóu

1 為消遣、娛樂或觀賞景物而走動：遊玩 / 遊戲 / 旅遊 / 漫遊。

2 交往：交遊廣闊。

3 閒逛：遊蕩 / 遊手好閒。

4 説服：遊説。

5 自由運轉：遊刃有餘。

6 不固定的，經常移動的：遊民 / 遊牧民族。

用法

- 「游」、「遊」字音相同，在古籍中常通用，但表示與水有關時，只可用「游」。

- 「游」、「遊」均有不固定的意思，兩字各有其慣用的配詞，如：「游擊、游離」；「遊民、遊牧」。

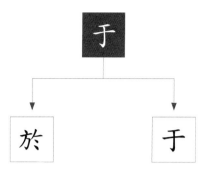

於 yú

❶ 介詞。在：生於1980年 / 信件於昨日收到 / 黃河發源於青海。

❷ 介詞。給：嫁禍於人 / 獻身於教育工作。

❸ 介詞。對，對於：忠於職守 / 有益於社會。

❹ 介詞。自，從：出於真心 / 青出於藍。

❺ 介詞。表示比較：大於 / 低於 / 高於。

❻ 介詞。表示被動：見笑於人 / 受制於人。

❼ 動詞、形容詞後綴：樂於 / 屬於 / 在於 / 難於實行 / 易於明白。

于 yú

姓氏。

> **用法**
> - 在古籍中用作介詞時，「於」、「于」可通用，較早的古籍如《尚書》、《詩經》多用「于」；現今「于」只用於姓氏。
> - 「于」、「於」為兩個不同的姓氏，注意不要混淆。

> **附註**
> 「於」讀 wū 時不簡化，如：於乎 (文言歎詞)、於菟 (老虎的別稱)。

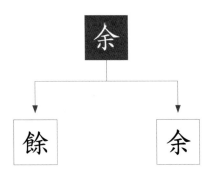

餘 yú

❶ 剩下，剩下來的：餘下／不遺餘力。

❷ 數詞。大數後面的零數：十餘人／兩丈餘／三百餘斤。

❸ 指某種事情、情況以外的時間：業餘／茶餘飯後／興奮之餘。

余 yú

❶ 人稱代詞。我。

❷ 姓氏（Yú）。

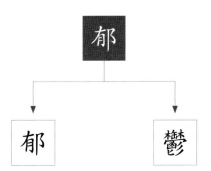

郁 yù

❶ 香氣濃烈：馥郁 / 濃郁。

❷ 文采美盛：郁郁乎文哉。

鬱 yù

❶ 樹木茂盛：蒼鬱 / 鬱鬱葱葱。

❷ 憂愁，愁悶：鬱悶 / 抑鬱 / 憂鬱 / 鬱鬱寡歡。

用法

• 常見花卉「鬱金香」，不可寫作「郁金香」。

• 「郁」、「鬱」為兩個不同的罕見姓氏，注意不要混淆。

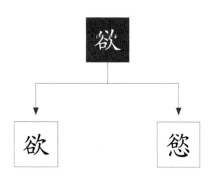

欲 yù

❶ 想要：欲蓋彌彰 / 欲哭無淚 / 暢所欲言。

❷ 須要：膽欲大而心欲細。

❸ 將要：搖搖欲墜 / 山雨欲來風滿樓。

慾 yù （也可寫作「欲」）

願望，想得到滿足的意念：慾望 / 食慾 / 求知慾。

用法

用作名詞時，「慾」、「欲」可通用，其他情況用「欲」。

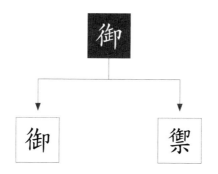

御 yù

❶ 駕駛車馬：御車 / 御者（趕車的人）。

❷ 與皇帝有關的：御醫 / 御用 / 御花園。

禦 yù

抵擋：禦敵 / 禦寒 / 抵禦 / 防禦。

用法

古代教育學生的六種科目「禮、樂、射、御、書、數」，其中的「御」是指駕馭車馬，不可寫作「禦」。

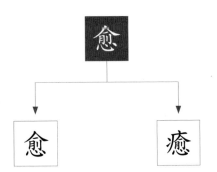

愈 yù

更加，越發：愈加 / 愈長愈高 / 山路愈走愈陡。

癒 yù

病好了：病癒 / 痊癒 / 傷口癒合。

用法

表示病情好轉時，古籍中多作「愈」，現今則一般用「癒」。

Y
愈

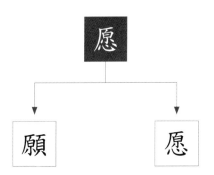

願 yuàn

❶ 希望將來能達到某種目的的想法：心願 / 許願 / 志願 / 如願以償。

❷ 樂意：願意 / 心甘情願。

❸ 希望：但願 / 願您一路平安。

愿 yuàn

老實，謹慎：鄉愿 (外貌忠厚老實，實際上不能明辨是非的人) / 謹愿之士 (端莊正直的人)。

用法

「願」表示心願、樂意、希望，用作名詞或動詞；「愿」表示忠厚、謹慎，用作形容詞。

岳 yuè

❶ 稱妻子的父母長輩：岳父／岳母。

❷ 姓氏（Yuè）。

嶽 yuè （也可寫作「岳」）

高大的山：五嶽（中國五座名山，即東嶽泰山、西嶽華山、南嶽衡山、北嶽恆山、中嶽嵩山）。

用法

- 指高大的山時，「嶽」、「岳」可通用，如山嶽（岳），但特指名山「五嶽」時，一般只用「嶽」。
- 地名「岳陽」，只可寫作「岳」。

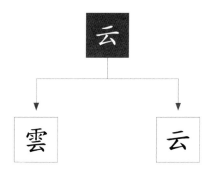

雲 *yún*

❶ 由水蒸氣上升遇冷凝聚成的雲：雲彩 / 白雲 / 雲開見日。

❷ 比喻像雲一樣：雲集 / 風雲人物。

❸ 指雲南：雲腿（雲南所產的火腿）/ 雲貴高原。

云 *yún*

❶ 說：詩云 / 人云亦云 / 不知所云。

❷ 文言助詞。表示強調：云誰之思？ / 歲云暮矣。

❸【云云】如此，這樣。用於引用文句或談話時表示省略或結束：
他所謂「友誼」云云，全是騙人的鬼話。

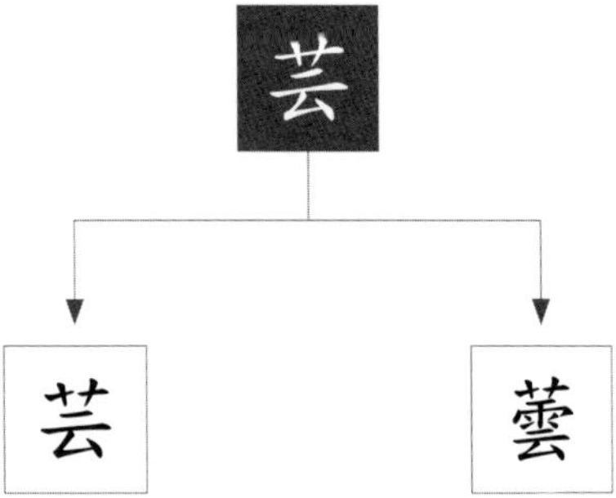

芸

芸　　蕓

芸　　yún

❶ 即芸香，草本植物，花、葉、莖有特殊氣味。

❷【芸芸】眾多的樣子：芸芸眾生。

蕓　　yún

【蕓薹】草本植物，油菜的一種，種子可榨油。

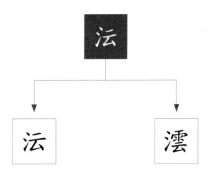

沄 _{yún}

形容水迴旋的樣子。

澐 _{yún}

江中大波浪。

用法

「沄」是形容詞，在古籍中常作疊詞使用，如：「流水兮沄沄」；「澐」是名詞。兩字在現代漢語中已較少使用。

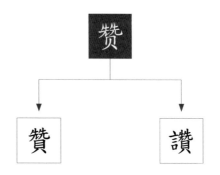

贊 zàn

❶ 幫助：贊助 / 不贊一辭（好得別人無法再增刪一字一句）。

❷ 同意：贊成 / 贊同。

讚 zàn

誇獎，稱揚：讚許 / 讚揚 / 稱讚 / 讚不絕口。

用法

指一種以頌揚為主的文體時，「贊」、「讚」兩種寫法皆有，如：《東方朔畫贊》，「圖像則讚興」（《文選序》）。

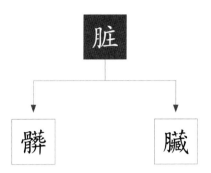

髒 zāng

不乾淨：骯髒 / 衣服髒了。

臟 zàng

身體內部器官的總稱：內臟 / 五臟六腑。

用法

「髒」讀作第一聲，表示污穢不潔；「臟」讀作第四聲，為肉（月）部，表示身體器官。

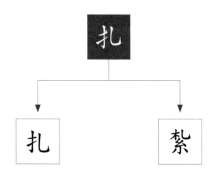

扎¹ zhā

❶ 刺：扎花（刺繡）/ 扎手 / 扎針。

❷ 鑽進：扎在人羣裏 / 一頭扎進水裏。

扎² zhá

【掙扎】勉強支持：病人掙扎着坐起來。

紮¹ zā

❶ 捆，纏束：包紮 / 紮辮子。

❷ 量詞。用於捆起來的東西：一紮乾草。

紮² zhā

軍隊駐屯：紮營 / 駐紮。

用法

- 「紮」為糸部，此部首的字通常與絲線、捆綁有關，表示纏束或 屯駐營寨時，用「紮」。

- 「扎根」指植物根部往土裏生長，比喻打下基礎、「扎實」表示堅 固結實，不可寫作「紮根」、「紮實」。

222

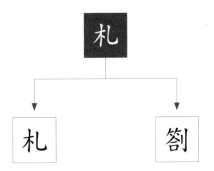

札 zhá

❶ 古代寫字用的小而薄的木片：筆札／簡札。

❷ 古代的一種公文：札子。

❸ 信件：手札／書札／信札。

劄 zhá

【目劄】中醫指不停眨眼的病，多見於兒童。

> **用法**
>
> 在古籍中，「劄」同「札❷」，指一種公文，如：劄子。現今一般只有稱病名時才用「劄」。

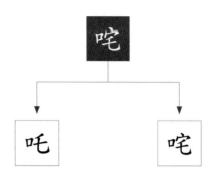

吒¹ zhà

【叱吒】發怒的聲音：叱吒風雲。

吒² zhā

神話中的人名：金吒 / 哪吒。

咤 zhà

「吒¹」的異體字。

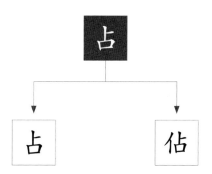

占 zhān

❶ 占卜：占卦 / 占課 / 占夢。

❷ 姓氏（Zhān）。

佔 zhàn

❶ 用強力取得：佔據 / 佔領 / 攻佔 / 鳩佔鵲巢。

❷ 處於某地位、某情形：佔先 / 佔上風 / 佔優勢。

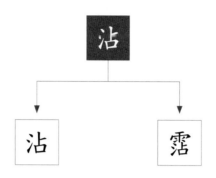

沾 zhān

① 浸濕：汗出沾背 / 霜露沾衣。

② 因接觸而被附着上：沾水 / 沾染。

③ 稍微碰上或挨上：沾邊 / 滴酒不沾。

④ 因有某種關係而得到好處：沾光 / 沾親帶故。

霑 zhān

「沾①②」的異體字。

用法

> 表示與雨水浸潤有關，引申為受人恩惠時，亦可寫作雨部的
> 「霑」，如：霑恩、雨露均霑（比喻利益平均分配）。

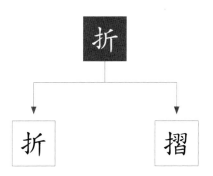

折¹ zhé

❶ 斷，弄斷：骨折 / 禁止攀折花木。

❷ 損失：損兵折將。

❸ 屈曲：折腰 / 曲折 / 百折不撓。

❹ 返轉，回轉：走到半路又折回來了。

❺ 心服：折服 / 心折。

❻ 抵作，對換：折價 / 折算。

❼ 折扣：打折 / 九折。

❽ 雜劇一本分四折，一折相當於現代戲曲的一齣。

折² shé

❶ 斷（多用於長條形的東西）：棍子折了 / 繩子折了。

❷ 虧損：折本 / 折耗。

折³ zhē

翻轉：折騰 / 折跟頭。

摺 zhé

❶ 疊：摺疊 / 摺扇 / 摺紙 / 摺衣服。

❷ 用紙摺疊起來的本子：存摺 / 奏摺。

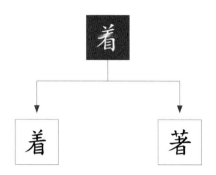

着¹ zhe （也可寫作「著」）

助詞。表示動作或狀態的持續：等着 / 走着 / 牆上掛着一幅畫。

着² zhāo （也可寫作「著」）

❶ 下棋時下一子或走一步叫一着：這一着走得好。

❷ 比喻計策，辦法：高着 / 走為上着。

着³ zháo （也可寫作「著」）

❶ 接觸，挨上：上不着天，下不着地。

❷ 感受，受到：着急 / 着涼。

❸ 燃燒，也指燈發光：着火 / 路燈都着了。

❹ 用在動詞後，表示達到目的或有結果：猜着了 / 睡着了。

着⁴ zhuó （也可寫作「著」）

❶ 穿（衣）：穿着 / 身着。

❷ 接觸：着陸 / 附着 / 不着邊際。

❸ 附上，留下：着筆 / 着色 / 着手 / 着眼 / 不着痕跡。

❹ 下落：着落 / 尋找無着。

❺ 派遣，命令：着即施行 / 着人來取。

著

以上「着」的各義項一般也可寫作「著」。

用法

以上各義項，香港以「着」為正體字，台灣則以「著」為正體字。

附註

「著」讀 zhù 時不簡化，如：著名、著作、顯著。

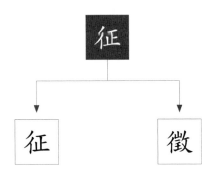

征 zhēng

❶ 遠行：遠征／踏上征途。

❷ 出兵征討：征伐／出征／南征北伐。

徵 zhēng

❶ 召集：徵兵／徵召／應徵入伍。

❷ 收取：徵收／徵稅。

❸ 尋求：徵稿／徵聘／徵文比賽。

❹ 證明：文獻足徵／信而有徵。

❺ 表現出來的跡象：徵候／徵兆。

用法

「徵兵」、「徵召」等雖與軍事有關，但其中的「徵」為召集的意思，不可寫作「征」。

附註

「徵」讀 zhǐ 時不簡化，如：古代五音「宮、商、角、徵、羽」。

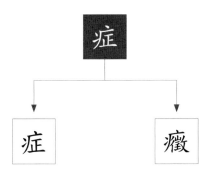

症 zhèng

疾病：病症 / 急症 / 對症下藥。

癥 zhēng

中醫指腹內結塊的病，比喻事情不能解決的關鍵：癥結。

用法

> 讀作第四聲時，寫作「症」；讀作第一聲時，寫作「癥」，現代漢語中只有「癥結」一詞較常見。

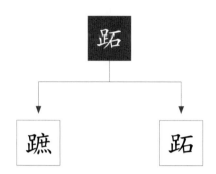

蹠 zhí

❶ 腳面上接近腳趾的部分：蹠骨。

❷ 腳掌。

❸ 踩，踏。

跖 zhí

用於人名：盜跖（春秋時的大盜）

用法

在古籍中，表示腳掌、踩踏的意思時，「蹠」、「跖」可通用；現今「跖」除了人名外已較少使用，一般用「蹠」。

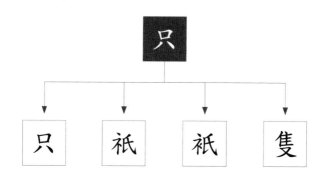

只 zhǐ

僅僅：只是 / 只有 / 只此一家。

祇 zhǐ

「只」的異體字。

衹 zhǐ

「只」的異體字。

隻 zhī

❶ 單獨的，極少的：隻身一人 / 片言隻字。

❷ 量詞：一隻雞 / 一隻鞋。

用法

表示僅僅的意思時，宋代以前多寫作「祇」、「衹」，現今一般用
「只」。

附註

「祇」讀 qí 時不簡化，如：神祇。

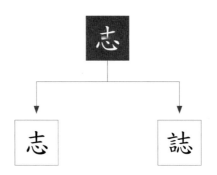

志 zhì

❶ 意向，要有所作為的決定：立志／志向／有志者事竟成。

❷ 志氣，意志：人窮志不短。

誌 zhì

❶ 記住：永誌不忘。

❷ 表示：誌哀／誌喜。

❸ 記載的書或文字：雜誌／墓誌銘。

❹ 記號：標誌。

用法

在古籍中，指記事的書或文章時，「志」、「誌」兩種寫法皆有，如：《三國志》、《漢書‧食貨志》，碑碣誌狀（《文選序》）。現今一般用「誌」，如：日誌、網誌。

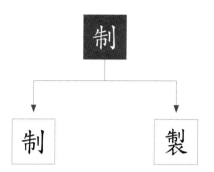

制 zhì

❶ 規定，訂立：制定 / 創制 / 編制 / 因地制宜。

❷ 限定，約束：制裁 / 制止 / 限制。

❸ 制度，法度：法制 / 體制 / 學制。

製 zhì

做，造，作：製圖 / 製造 / 縫製 / 複製 / 監製 / 研製。

用法

> •「制」多用於抽象事物，如：制禮作樂；「製」多用於具體事物，
>   如：仿製品、粗製濫造。
> • 成語「鴻篇巨制」，習慣用「制」。

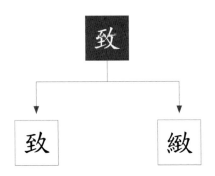

致 zhì

❶ 給予，送給：致辭／致電／致函。

❷ 表示，傳達：致敬／致謝／致意。

❸ 集中於某方面：致力／專心致志。

❹ 達到，實現：學以致用。

❺ 招引，引起：致病／導致／招致。

❻ 意態，情趣：別致／景致／興致／雅致／錯落有致。

緻 zhì

細密，精細：工緻／精緻／細緻。

用法

「別致」、「雅致」不含細密或精細的意思，不可寫作「別緻」、「雅緻」。

Z
致

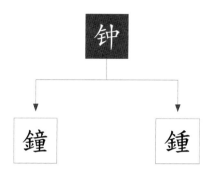

鐘 zhōng

❶ 古樂器名。懸掛在架上敲擊發音。

❷ 金屬製成的響器，中空，敲時發聲：警鐘 / 敲鐘。

❸ 計時的器具：鐘錶 / 掛鐘 / 鬧鐘 / 座鐘。

❹ 指一定的時間：七點鐘 / 去學校要用二十分鐘。

鍾 zhōng

❶（情感）集中，專一：鍾愛 / 鍾情 / 鍾靈毓秀。

❷ 姓氏（Zhōng）。

用法

- 「鍾」的本義是一種盛酒器皿，在古籍中亦通「鐘」，指樂鐘，但這兩個意義在現代漢語中已較少使用。
- 「老態龍鍾」形容年老體衰，行動不靈活，不可寫作「老態龍鐘」。

附註

「鍾」作為姓氏時可簡化為「锺」。

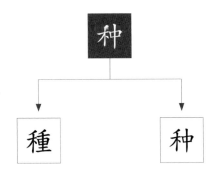

種¹ zhòng

❶ 植物的種子：稻種 / 播種。

❷ 人類和其他生物的族類：種族 / 傳種 / 黃種 / 絕種。

❸ 事物的類別：種類 / 兵種 / 品種 / 物種。

❹ 指膽量或骨氣：帶種 / 有種。

❺ 量詞。指人或事物的種類：三種人 / 各種情況。

種² zhòng

❶ 把種子或幼苗埋在泥土裏使生長：種花 / 種樹 / 種植。

❷ 把疫苗注入體內：種牛痘 / 接種疫苗。

种 Chóng

姓氏：种師道（北宋名將）。

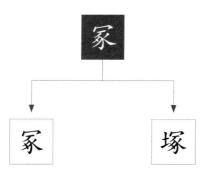

冢 <small>zhǒng</small>

❶ 墳墓：古冢／衣冠冢（埋葬逝者衣帽和其他遺物的墳墓）。
❷【冢宰】古代官名，即太宰，後也稱吏部尚書為冢宰。

塚 <small>zhǒng</small>

「冢①」的異體字。

用法

「塚」是「冢」的後起字，指墳墓時，兩字可通用。

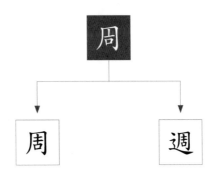

周 zhōu

❶ 環繞着中心的部分：周圍／四周／圓周。

❷ 量詞。用於動作環繞的圈數：地球繞太陽一周是一年。

❸ 環繞，繞一圈：周而復始。

❹ 普遍，全面：周身／眾所周知。

❺ 完備：周到／周密／周詳／考慮不周。

❻ 接濟：周濟。

❼ 朝代名，姬發（武王）所建立。

❽ 姓氏（Zhōu）。

週 zhōu （也可寫作「周」）

時間的一輪，多指一個星期：週刊／週末／週年／週三／上週。

用法

「週」是「周」的後起字，表示時期時，兩字可通用，香港特區政府公文習慣用「周」。

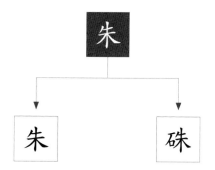

朱 zhū

❶ 大紅色：朱紅 / 皓齒朱脣。

❷ 姓氏（Zhū）。

硃 zhū

硃砂，無機化合物，顏色鮮紅或棕紅，是提煉水銀的重要原料，又可做顏料或藥材。

用法

> 只有「硃砂」一詞用「硃」，其他情況用「朱」。

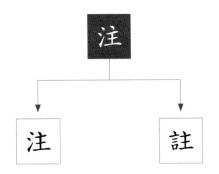

注 zhù

❶ 灌進去：注入 / 注射 / 大雨如注。

❷ 集中：注視 / 注意 / 專注 / 引人注目 / 全神貫注。

❸ 賭博時所下的錢：下注 / 孤注一擲。

註 zhù （❶❷ 也可寫作「注」）

❶ 用文字來解釋詞句：註釋 / 註解一篇文章 / 下邊註了兩行小字。

❷ 解釋詞句所用的文字：備註 / 附註 / 腳註。

❸ 記載，登記：註冊 / 註銷。

用法

- 「註」是「注」的後起字，表示註釋或註釋的文字時，兩字可通用，在古籍中多作「注」，如：轉注、《說文解字注》；現今這意義則多用「註」。
- 「注音」指標明文字的讀音，不可寫作「註音」。

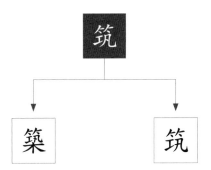

築 zhù

建造，修蓋：築路／築堤／建築／修築。

筑 zhù

❶ 古樂器名，像琴，有十三根弦。
❷ 貴州貴陽的別稱（Zhù）。

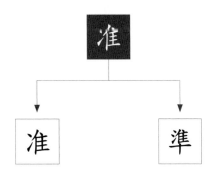

准 _{zhǔn}

允許，許可：准許 / 獲准 / 批准 / 特准 / 准考證 / 不准入境。

準 _{zhǔn}

❶ 標準，法則：準繩 / 準則 / 水準 / 以此為準。

❷ 正確，精確：準確 / 瞄準 / 準時到達 / 我的手錶很準。

❸ 一定：他準會來 / 準能完成任務。

❹ 即將成為：準決賽 / 準新娘。

❺ 預備：準備。

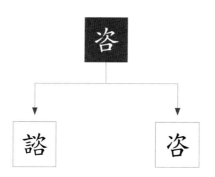

諮 zī （也可寫作「咨」）

跟別人商議，詢問：諮詢。

咨 zī

舊時一種平行機關之間往來的公文：咨文。

用法

「諮」是「咨」的後起字，表示商量議事時，兩字可通用。